阮 靖 著

你若遇见，日光倾城

NIRUO YUJIAN,
RIGUANG QINGCHENG

电子科技大学出版社
University of Electronic Science and Technology of China Press

图书在版编目（CIP）数据

你若遇见，日光倾城 / 阮靖著. —— 成都：电子科
技大学出版社，2018.6
ISBN 978-7-5647-6144-8

Ⅰ. ①你… Ⅱ. ①阮… Ⅲ. ①长篇小说—中国—当代
Ⅳ. ①I247.5

中国版本图书馆CIP数据核字（2018）第084964号

你若遇见，日光倾城
阮靖　著

策划编辑　魏　彬
责任编辑　魏　彬

出版发行　电子科技大学出版社
　　　　　成都市一环路东一段 159 号电子信息产业大厦九楼　邮编 610051
主　　页　www.uestcp.com.cn
服务电话　028-83203399
邮购电话　028-83201495

印　　刷　三河市腾飞印务有限公司
成品尺寸　148 mm×210 mm
印　　张　6.75
字　　数　210千字
版　　次　2018年9月第一版
印　　次　2018年9月第一次印刷
书　　号　ISBN 978-7-5647-6144-8
定　　价　55.50元

目　录

Part 1：
你在彼岸的午夜时分，
我在加州的日光之下

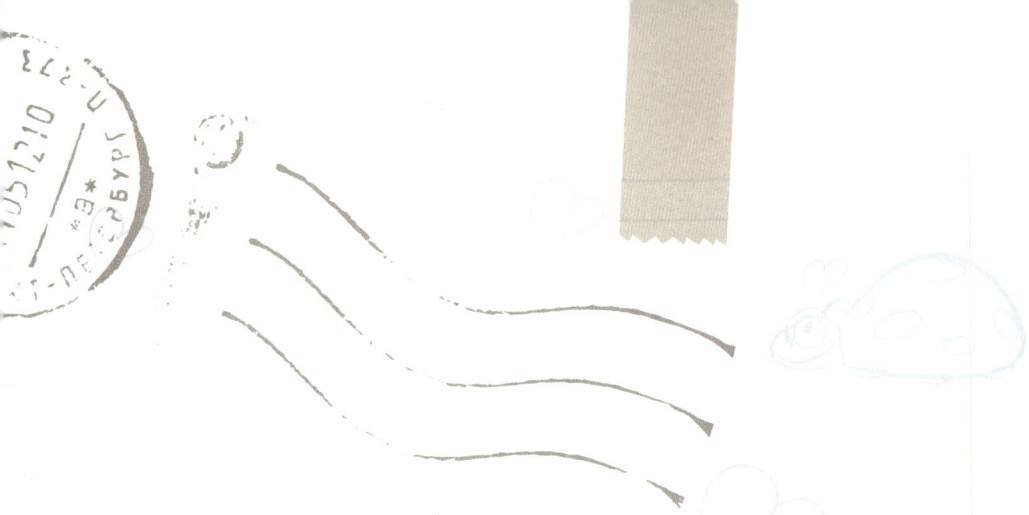

我这样想起你的时候，耳机里正好在放一首老歌，是约翰·丹佛清凉的嗓音：虽然我离你万里，但你却在我心里，而且一住就是长长久久。去年我在你的车里听到这首歌的时候，你还在忧伤，为约翰·丹佛的英年早逝。当时，我还以为这只是一句歌词，如今我与你天各一方，却机缘巧合独自一人在异乡面对丹佛失事坠落的海面，我刚刚发现有些歌词，对有些人有些地方有些时刻，就是寓言。

蒙特雷的思念

一

我在蒙特雷。

这是一个日光倾城的地方。这里有宽阔宁静的海滩，有险峻的悬崖峭壁。站在悬崖上，看着那一望无际的太平洋，总会让人想起，在地球另一端的你——宋家明。

我如今住在大学城的留学生宿舍，一个人一个房间，房间里有卫生间和小小的电厨具，每一层都有公共浴室。

我在银行开了账户，收到第一个月的奖学金。蒙特雷没有卖中国电话卡的商店，我从旧金山回来的华人同学手里买到后，第一个电话就打给你，谢谢你为我所做的一切。可话未说到十句，你就说："还有文件要看，再见。"我潸然，你是否还对我的不辞而别心怀芥蒂？

我挂上电话，电脑的声音提示：您通话的时间是1分20秒。

我看看手里这一张画着熊猫脸的能拨打80分钟的电话卡，不知道剩下的时间要打给谁。

7月，天气炎热。别人放假，学校仍然给我们安排了繁重的功课。

MIIS（蒙特雷国际研究院），这座精致的校园没有围墙。教室就挨着马路边，大概占据三四条街道的样子。我在翻译学院注册，所在的一个班专授英汉翻译课程。学生不多，两个中国香港的，三个中国台湾的，两个比利时的，四个法国的，还有我这唯一一个中国大陆的。大家已经都有了一定的语言基础和工作经验，来到这里接受的是拔高训练。

我们上课常用的教室，MG99。每天的第一节课，老师一定会放一段时事新闻的广播，10分钟左右的时间，要求我们做笔录，然后进行交替传译。这个练习的时间逐渐增长到15分钟、20分钟，我的笔记越记越少，译出的内容却越来越丰富、越来越详细。

这里的老师，个个身怀绝技。背景资料，说出来都听得我们一愣一愣的。听他们讲课，总会有醍醐灌顶的感觉。上午的第二节课是中美社会生活各个领域知识的介绍，用以帮助我们扩大单词量，我从"波普艺术"背到"蝴蝶效应"，从"黑客帝国"背到"猎户座飞船"。

这样学习的课程让人苦不堪言，我直到绞尽脑汁、眼圈青黑。不过也有苦中作乐的时候。下午的时间由学生自己支配，混熟了的同学约定一同在图书馆做作业，帮忙修改错误；有时会在校园的咖啡馆小坐，固定用一种语言交流；实在太累，就结伴出行，戴着耳机，跳上铛铛车，一路说说笑笑。他们说，不喜欢加利福尼亚州这里的天气；但我觉得，无论阴雨连绵还是晴空万里，都让人很舒畅。尤其是阳光洒下来，街道两边的大树和路旁人家精心栽培的花，让我感到自己是女主角，行走在明媚的电影里。起风的时候，吹起的落叶，情绪刚刚好，默默想起陈楚生的《一叶知秋》。

铛铛车总是不紧不慢，恰如这座小城的节奏，悠悠然然地把你带到那段落满尘埃的往事中。蒙特雷市内的街道上，有专门为游人设置的标志——"历史之路"。

这条路，只有短短的3公里长，却是历史资源最为丰富和集中的地方，它不仅保留着西班牙与墨西哥统治时期的古代建筑，还有加利福尼亚州诞生后的一些旧时场景。而路的尽头便是大家熟知的《金银岛》的作者史蒂文森居住过的地方。如果一个人在"历史之路"上漫步，仿佛在时空中穿梭，那么，蒙特雷的一幕幕过往，如电光火石般闪过。那些逝去的人和事，在眼前渐渐清晰起来，让人感觉每一步都是置身于一张张发旧的明信片中。

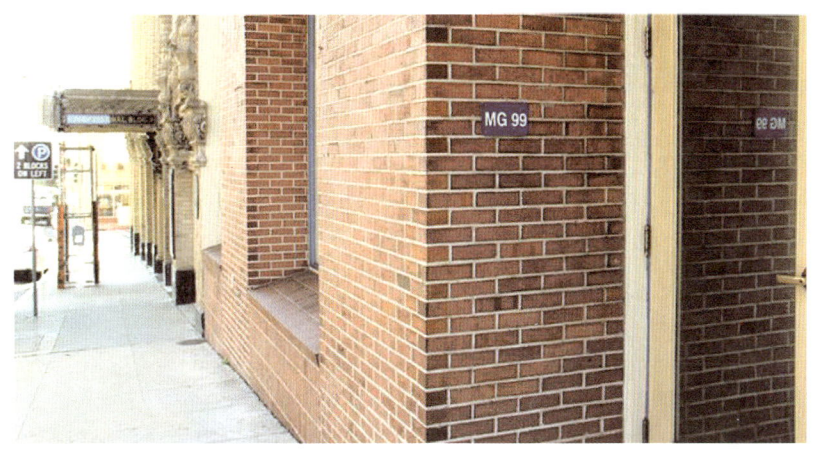

　　起初，不经意间还会迷路，一头雾水地跟着地图走到一个地方，下次再去还是找不到。不过蒙特雷是名副其实的世界语言之都，外语精英埋伏在你不期而遇的角落。MIIS（蒙特雷国际研究院）学生的语言能力自不必多说，有时在街上随便遇到的美国人都能用流利的中文和你聊天，相当有趣。所以，你不必担心。但是渐渐地，把去过的一个个地点连接起来，经过的时候会想：哦，这是斯坦贝克广场，那幢朱红色插着米字旗的房子就是"美国罐头厂"，渔夫码头那家粉色的Candy（糖果）店不知道是否有你喜欢的薄荷味……但是，亲爱的，如果你在的话，那我一定会带你去一个地方——蒙特雷水族馆。在那里，我第一次像站在海底一样，看到了巨藻森林。在那里，我仿佛看过了全世界的海。我想起一位可爱的朋友写的诗：

　　　　自然必是如此温柔

　　　　一条鱼便是一座孤独的岛屿

　　　　每个鳞片都盛开着桃花

　　　　我曾在鱼背的岛屿上眺望

此刻，巨藻森林在海水的一片幽蓝中一上一下晃动，曼妙的身姿千回百转。我想，如果你能看到，你肯定也会心生欢喜。

无聊的时候，我坐在环城电车上四处转悠。蓝色的车子行驶在石板路的轨道上面，穿过广场，经过满座的咖啡凉篷，将停栖在路边的鸽子驱赶起来，呼啦啦，一片一片的。透过落地窗向外看，有英俊的男孩脚蹬旱板，就在我身边翩翩滑过。

来自中国香港的思思，小提琴拉得非常漂亮，在市中心广场附近的酒吧做兼职，我们偶尔去捧场。

这一群说中国话的年轻人，引起了酒吧老板的注意。他提议我们不如在他的酒吧做一个关于中国的活动日。正是旅游季节，定会吸引大批的游客，收入可以与我们五五分成。

我们觉得很有趣，答应了他。

我们用竹枝和带来的中国结装饰酒吧，从中国台湾来的女孩会书法，在宣纸上用大字抄写了几首唐诗贴在墙上，俨然已有"古色"；我们点上从中国商店买来的熏香，于是又添"古香"；西洋酒吧在这一天将供应中国白酒和各式从中国饭店订购的小点心；我们也请到了在这里旅居的中国画家，

到时候现场泼墨。

一个星期，好像一切准备妥当了，老板说："哎，好像还差点什么。你们谁会唱歌？"

米琳达的嘴很快，指着我说："我听见她洗衣服的时候唱歌，唱得很好啊。"

我倒不会怯场，只是想做得更漂亮。

我在学校的网吧里下载了《茉莉花》和《流年》的伴奏音乐，把歌词翻译成英文。自己站在镜子前演练，当唱到"有生之年，狭路相逢，终不能幸免，手心忽然长出纠缠的曲线"时，就愣在了那里，看着自己的手心，我曾经与谁"狭路相逢"，如今天各一方？

校园里的活动，也是精彩纷呈。"烤芝士日""一起来做三文鱼堡""卡片游戏的夜晚"，以及复活节的找巧克力蛋，万圣节的鬼屋，圣诞前夕用姜饼干、糖果和奶油搭的屋子。

因为功课太忙，任意贴了一楼的广告，我只参加过两次，但还是结识了不少朋友，西班牙、意大利、挪威、澳大利亚、日本、韩国和许许多多美国人。然而，他们都不是你。

加利福尼亚州南方的夜晚，海有多深，天就有多高。深蓝色的穹幕上，星光璀璨，有海鸟唱着歌儿飞过，微带咸味的海风吹来，吹得树叶沙沙作响，这些仿佛是人在年少时心里面发出的声音。

宿舍一楼的自动贩卖机里，有一种别处买不着的草莓牛奶，我每晚都要喝一瓶。

有一回找不着学生卡了，正站在贩售机前摸口袋摸钱包的时候，突然听见一声低低的"here（在这里）"，一个高个子的金发男孩跑了过去，经过我旁边，他迅速地刷了一下卡。

自动贩卖机响起"付费成功，请选择商品"的提示，我追上前去，电梯门已经合上了。

后来的一个周末，我抱着待洗的衣物去地下室的洗衣房，一个男生一边打电话一边朝烘干机里塞衣服。我问他是否曾经帮助一个亚洲女孩儿付过楼上贩售机的钱。他看了我一会儿，笑道："是你呀。"于是我掏了两块钱递给他。

他没有接，说："我叫普斯，要不，你陪我喝一杯咖啡吧。"

我来不及说话，隔壁的法国男孩也抱着衣服桶进来了，他对我说："Hey，how are you？（嘿，你怎么了？）"

我答："好极了。"

普斯与我道了别，走了。

有一天晚上，他穿一件白T恤衫在打篮球。我拎着白菜、土豆路过，他向我招手。于是，他陪我回宿舍放东西，然后换球鞋去打球。

下楼时我不小心，绊了一下，他迅速伸手扶着我，接住了我的全部体重。当我挣开他的手时，气氛突然变得尴尬起来，于是我们沉默着走到球场。他在路灯下的夜风里舒展身子跑起来，白T恤衫的衣摆逆风摇曳，勾勒出颀长的身线。恍惚中的我想起了那个趴在高中课桌上写《此间的少年》的16岁的自己。

他停下来，扭头问我在看什么。

我笑了笑："没看什么，只是觉得你真像我的弟弟。"

我还记得18岁的自己，只是我自己好像已是另一个人。

那个我18岁时梦想成为的人。

我今年21岁，有一双没有皱纹但冷静得多的眼睛，我用它们注视着我全新的目标和旅程。

这一个月，我的基础课程结束，20分满分的两门功课，老师都给我16分。打电话到邻居家，请阿姨转告给我的奶奶。对于分数，奶奶没有概念，我于是说得很简单，我在班里考了第一。这样好的消息，还要告诉谁？我拨通宋家明的手机，电话被转到了秘书台。

每天早上7点，我会起床，拧开无线电收音机听新闻。漱口、洗脸、换衣服，画上细细的眉，然后，背着课本和一大摞翻译资料，穿上白色帆布鞋，轻轻关上门，下楼，离开。我的裙摆在脚下生风，每次都遇见普斯斜斜地倚靠在路边的柏树上。他是个19岁的男孩子，高大英俊，抿着嘴微笑，有点害羞的样子。在MIIS（蒙特雷国际研究院），英俊的男孩子随处可见，偶像剧永远在上演，连绵不绝。每当阳光好的时候，总有各种肤色的年轻男女在草地上看书，做作业，嬉闹，谈恋爱，刷Facebook（脸谱网）。

这里的阳光永远铺陈在18—22岁的面庞上。

我迅速地从他们身边经过，带着自己不可言状的心事。我爱每天都干净漂亮，不爱不属于自己的奢侈，不怎么留恋无关紧要的男孩子，无法放弃学业和梦想。所以，尽管风景再美，但看看即可。

二

在风和日丽的周末，我会和朋友分别买了水果，去海边游泳，聊天。你知道的，蒙特雷有最美的海岸线，著名的"十七英里"就在不远处。这里有一座小小的捕鲸木屋博物馆，参天的大树下静静地躺着巨大的鲸骸骨，从博物馆的望远镜里可以看到海獭在海面上慵懒地摊着身子，一副惬意的样子。

我戴着耳机，爬到沿海的大岩石上坐下来，怀孕的海豹静静地躺在石头上，离人们也就两米左右的距离，潜水者小心翼翼地避开它，海豚在海面上慵懒地嬉戏。

步行其间，能听见海象的呼唤，海浪拍打着岩石，一路上看见几对Couple（夫妇）站在海边眺望，和谐得仿佛是一幅画。

也在这样的一个午后，阳光很好，正值明媚的春天。从报告厅巨大明亮的窗户望向外面，能看见远处的碧蓝海水。

在春风中涨高的海面，张开翅膀的大海鸥，欢叫着，见证一场倾城之遇。

你是从纽约联合国总部凯旋的学长，你将给我们做一场报告。宋家明，高级翻译研究院的青年才俊，拥有外交部高官的父母，天赋的才华，谦逊的性格。在口耳相传中，你早已成为我们英语系的一个传奇。

我在心里也曾勾勒过你的形象，谦谦君子，智慧的学者，老成的文人，或者俊俏的帅哥。不过，你的样子还是出乎我的意料。站在讲台前的你，那么年轻、高、瘦，一套柔软的白衣黑裤休闲装，却很有玉树临风的韵味，一张白皙的脸庞，我离得远，不太看得清你的五官，却只见：一双眼睛黑得发亮，微微露出笑意，还有黑色的过耳卷发。那个下午你发着光，照亮了整个世界，我像这个报告厅里大部分的女生一样，眼睛都不愿眨了，心也飘得远了。

你的声音低沉而清冷，像深潭中的水。然后，我听见有人喃喃地说："好久不见，我的小哥哥。"

是我，是第一次见到宋家明的蓝星。

我这样想起你的时候，耳机里正好在放一首老歌，是约翰·丹佛清凉的嗓音：

> 虽然我离你万里
>
> 但你在我心里
>
> 而且一住就是长长久久

去年我在你的车里听到这首歌的时候，你还在为约翰·丹佛的英年早逝而忧伤。当时，我还以为这只是一句歌词，如今我与你天各一方，却机缘巧合——独自一人在异乡面对丹佛失事坠落的海面。我刚刚发现有些歌词，对有些人、有些地方、有些时刻，就是预言。

辽阔的北太平洋正轻轻地翻滚，准备迎接太阳的坠入。

这里的太阳落下了，在太平洋的另一端，也许日本的东京，也许中国的上海，太阳就要升起来了。我面向大海计算着经度和纬度，想着你这样一个出身高贵、气质优雅、白雪青葱一样的男子，在G20（20国集团）高峰会议中，那样游刃有余，仿佛会场的司仪。要是我没有篡改自己的记忆，那天，我虽是见习生，但机智幽默的翻译，也是初生牛犊不怕虎的样子。当我忽然回头，只一眼，就远远地看见你笑得发抖的肩膀。每个人都有许多个"第一次"，这是我第一次做翻译，出了一身的冷汗，但也是在这一天，我想宋家明师兄同样记住了我。正如你那天的样子一直印在我的脑海里：黑色的西装领带，白净瘦削的脸孔，波澜不惊的表情，安静优雅的举止。

这里的水太蓝，所以想念也就漫过地平线。当残红映照大片海面的时候，我仿佛看到你的脸，深情而忧伤。是的，你总这样让人不禁想起。你是退潮带来的月光，你是时间卷走的书签，你是溪水托起的每一页明亮。我希望夜晚不要降临，日月星辰永明不暗。如果这样，我就可以在壮丽的"十七英里"的海岸边，听到约翰·丹佛唱着：

> 令人难以相信
>
> 你似乎就在对面
>
> 可你已在世界的另一端

时，也不会忧伤得流下泪来。

一个人住的一百天

一

午夜，自己一个人走回家，一路上也没听BBC（英国广播公司）的节目，就是低着头默默地走在蒙特雷安静的窄街上。感觉心里什么都没有，空荡荡的，不是那种落寞的空。好像与你不辞而别后，胸口有一块很大的缺口，一直在慢慢张开。

有过很长一段时间，我都没有习惯一个人面对加利福尼亚州漫长得让人歇斯底里的黄昏，也在博客里写过那种路灯刚刚要亮起来时会有夜盲症般的绝望。在斯坦福大学当交换生的欣儿，坚持在每天的这个时候给我打电话，和我聊一会儿天，以为我会好些。其实完全不会，这种事情只会更提醒我，我多么憎恶电话、微信、E-mail（电子邮箱）这些只因为距离而存在着的东西。我渴望的不过是坐下来面对面地聊聊天，十分钟也好。电车经过，谁是它的第一个乘客

一个人回到家里。

趁着还没开学，我断断续续，看了许多攒了半年的书。不费脑子的少女漫画、摄影游记、童话、剧本和小说。我喜欢轻快明媚的调子，生活的担子已经很沉重，一本正经。还是轻快的好，哪怕并不深刻，因为没记忆。

在MIIS（蒙特雷国际研究院）住了好几个礼拜吧，也竭尽全力地咧开嘴，面对所有人微笑。可在此时，突然发现，自己还是更适合享受安静的生活。

我可以一个礼拜，两个礼拜，哪怕三个礼拜，一个人活着，不怎么和人说话。只是中途会有一点儿忧郁，然后晒晒太阳，迈开双脚走动走动就好了，让我能听见周围有人说话的声音。我可以这么安静地生活，自己也大吃一惊。看了一本漫画，叫作《一个人住第五年》，一个女生在东京独自生活五年的描绘。

我是喜欢漫画的，可初中毕业后就没有看过一本漫画。当我立志要学好英语，去赚很多钱的时候，它们彻底被我束之高阁，更别说学画漫画了。我常常会弄些小涂鸦，可是在不知不觉中，白纸上就出现了你的样子。有时候，我好像在记笔译，写着写着却发现，满页都是宋家明、宋家明。

　　一个人生活的日子，在蒙特雷，为了价格更便宜，每周坐几站公交车去农贸市场买菜。市场是在一条画了五颜六色的蔬菜水果的那条街，摆满各种新鲜蔬菜、鱼、水果，还有专门售卖亚洲蔬菜的摊位。永远都会有情侣手拉着手，在色彩明亮鲜艳的食品海洋中逡巡，讨论着把它们组合烹调成美味，觉得甜美又充满希望。快要闭市的时候，所有的蔬菜都在暮色里摆成一堆一堆的，廉价出售，各种人耐心地蹲在地上挑挑拣拣。那样的画面，蓦地就想起儿时和奶奶在菜场捡烂菜叶的情景。谁能想到，我就靠着那捡来的菜叶做成的一日三餐，终于成为一个留学海外的"天之骄女"。开肉铺的张婶说，我是贫民区里唯一飞出的金凤凰。

　　出国前，我回去看望奶奶。我说："奶奶，我要去美国了。"

　　奶奶说："生活费怎么办？"

　　"有政府提供的生活费。每月合人民币也有6 000多元。"

　　"怎么这么多？学校给你的机会？"奶奶问。

　　我想了想，说："奶奶，你记不记得去年来过咱们家的那位大哥？"

　　她说："记得，记得，是他帮你办的？"

我说："是。"

奶奶告诉我：周末，还有过节的时候，张婶会给她送些鲜肉、排骨。也是一个叫宋家明的人办的。

"蓝星，你记得要报答人家。"

我点了点头，不过自己也心虚：我怎么去报答宋家明呢，有什么东西是我有而他没有的？

小镇的黄昏，有凉意。好在街边有小小的火苗，从玻璃碎片堆中冒出来温暖过客。我一个人，沿路挑拣一个礼拜的食物，大大的帆布袋早已饱满充盈。回家折腾，除去生鲜时蔬，居然还搜罗到18种食材。各种米，大米、小米、糯米、西米、血糯米、薏仁米；各种豆，红豆、绿豆、黑豆；还有燕麦、红枣、桂圆、莲子、核桃、桃胶、皂荚、枸杞、花生。我准备煮腊八粥，我将它们一一洗净，放进炖锅，熬制浓稠，加冰糖入味，再撒上糖桂花，温暖甜蜜。

确实，一颗温暖的胃就能让人朝气蓬勃。很多时候，很多事情，都没什么大不了的，把它当成美食吃下去，力量在身体爆发的瞬间，你就成了赢家。

我结束了短暂的假期，开始第二阶段的学习。导师是一位中国香港的女士，姓梁，曾是联合国的同声传译官，普通话说得让我自愧不如。

第一堂课便开始同声传译的训练。

老师播放了一段大约5分钟的英文录音，我们一边听一边进行译制，说出来的汉语同时被录了下来。

我听了自己的录音结果，前言不搭后语，中间居然还穿插英语和我家乡的口头语。

梁老师问我："蓝星，你说清楚，什么叫'阿拉'？你总说这个词是什么意思？"

我恨不得找个地缝钻进去。

梁老师说："知不知道问题出现在哪里？"

大家问："在哪里？"

"听到的东西，以为听懂了，马上就脱口而出，殊不知你说的时候，就已经漏掉了后面的相关内容。没有把译入语听得完整清楚就进行整合，是不可能做出好的同声传译的。还有，你看看你们，怎么没有一个人动笔？之前是不是白教你们速记了？"

压力与日俱增，时间紧迫，再没去过农贸市场。我的头发掉得一天比一天多，我听见我的胃发出轻轻的抗议。

思思带我去了MIIS（蒙特雷国际研究院）附近一家很大的超市，这是我第一次逛美国超市。一进去好像来到了新的世界，熙熙攘攘的人群，琳琅满目的货架上简直样样都新奇。光是不同口味的沙拉酱就有60多种，更不可思议的是，那里连牛肉的分类都出奇的品类繁多，各个部位都有不同的名称。我一边惊叹，一边感慨自己依然匮乏的单词量。

从前的我，算是小小"酸奶控"；今日在大洋彼岸，来到冷柜前，却是移不动脚步，各种品牌花花绿绿，令我眼花缭乱。我看到有一款酸奶，竟是薄荷口味。我不由得想起，从前跟你在一起，有一天，你吃了薄荷味的冰激凌，要跟我拥抱，你嘴里香喷喷的味道。

从此以后，天大的压力，我都可以让它在每周逛超市的时候烟消云散。经常在图书馆戴着耳机、忙着笔译的时候，同声传译搭档思思一句："现在去超市？"我便兴高采烈地答应，然后抱着文件夹快速地奔出门。去超市，成了我学习间隙最解乏的活动。单单去逛一圈也会让我心情愉悦，哪怕需要买的东西寥寥。

后来发现，大概超市里烟火红尘的味道，给了我俗世里的进取心。回到图书馆，只觉神清气爽，躲在角落里，口译起来也如行云流水般舒缓。

就这样，我先后光顾了小镇附近及旧金山的很多超市。它们千姿百态，各有千秋，像一个巨大的万花筒，精彩地点缀着我原本平淡庸常的生活。也许我的努力，让我有点"小幸运"，虽然我没有车，但周围总有人能带我去超市。记得普斯时常会在晚上叫我，他说："蓝星，去Wegmans（一家有机超市）买最好吃的抹茶冰激凌。"记得韩国朋友会在紧张的复习周，开车带我去很远的韩国超市买热气腾腾的辣豆腐汤。记得喜欢吃海鲜的大刘带我去市场挑选新鲜的龙虾和螃蟹。还有可爱的师兄师姐，只要一有时间，便会集体去超市采购，然后每人做一道菜，一边吃一边畅聊。

可以说，超市是给我勇气去更好地融入并爱上更陌生的地方的起点。超市收银员的每一抹微笑，都让我感受到这个城市的善意。在那里，比起学校的氛围，我更热爱生活本身。

有一次我问思思："你什么时候开始喜欢你男朋友的呢？"

她笑着说："从大家一起去逛超市的时候。那时他总是和我拿起同一个牌子的薯片，还有各种零食，每次都特别巧。"

所以说，和喜欢的人一起去超市挑喜欢的东西，也算是一种志趣相投的默契。

而我，还是一个人，我很羡慕周围每周一起去超市买菜，然后拿回住处做饭的情侣。在我看来，那真的就像过日子一样。就像我的生日那天，你说要带我一起去买菜，说要做饭给我吃。我们穿过单身公寓旁边的寻常小巷，小孩子们午休时三五成群，熙熙攘攘，那情景十分温馨。你对我说，偕大的家，总是空空荡荡，父母永远比美国总统还忙，所以你独自搬出去一人居住。

我就在人来人往的街道，想象着你从前一个人从这里经过的情形。

你忽然扭头对我说："蓝星，你是我第一次领回家的女生，从小到大。"我微微低下头，心念在电转之间，却是无言。后来你做了孜然炒肉、红烧鸡翅和茄子，而我做的是西湖牛肉羹。那顿饭的味道，唇齿留香，直到如今，我依然回味不尽。那顿饭是我的人生当中，第一次有人为了讨我欢喜而用心摘洗、用爱烹制而成。

你教我怎样给茄子脱水，怎样切葱头不会掉眼泪，怎样腌肉炒出来的味道会更好。在那一天，我站在你身后，在心里暗暗发誓：我要在这个巨大而复杂的世界里，做一个一心一意、闪闪发光奔跑的女子，好配得上在厨房为我忙碌的你。你这么好，叫我如何不喜欢？

二

日子匆匆而过，在异乡的超市里寻找家乡的食品，已经变成一种我想你的方式。并不是因为那里面有多么惊艳的味道，而是想在寒冷无人的夜里拿出来，挡一挡心口的风。

超市，是一座城市最初的温情。有些东西，在异国他乡，只要脑子里一闪现，就恨不得马上能吃到。所以，每个人都那么爱超市，几乎每个孤单的人，都曾在那里找到属于自己的片刻安宁。

韩剧里总会有英俊的男孩，推着俏皮的女生坐在购物车里，一起逛超市的固定桥段。原来，那个过程真的甜蜜又美好。从挑选喜欢的食材，到一起发现新鲜的东西，再把它们搬回家，变成一顿鲜香可口的饭菜。好像这样，就可以忘记一些生活中遇到的挫折，渐渐地，生活变成了一部好像自己导演的影片一样，在叙述温暖的境况。

身边也有一些与我一样的男孩女孩，我们经常讨论的事情，除了学业和感情之外，竟然也是食物。每个人对家乡的美食，都无比怀念，说起来都如数家珍。当然，招待客人，更是倾囊而出。我在意大利"小提琴家"那里，品尝到了开心果味冰激凌、薄底的PIZZA（比萨饼）、龙虾面；从西班牙学长那里喝到过水果酒、各式Tapas（餐前小吃）；法国"哲学家"做的大餐不用说，排名靠前的马卡龙名不虚传；德国"科技天才"展示的香肠种类多到手指不够用，啤酒也很醇；维也纳"歌剧王子"做的鸡排很好吃，有一种加柠檬又加雪碧的酒很清新；东欧"学霸"烹制的各种牛肉汤，还有匈牙利美女的鹅肝，瑞士"手表控"的巧克力甜得发腻。它们风情万种，个个都让人如沐春风。

我果断地收起那些漫画书，把《一个人住第五年》放在枕头底下，决定在家里请班上的同学和朋友吃饺子。我去了离学校最近的中国超市，是一个叫华姐的女人开的。第一次进去时，颠覆了我对"超市"的概念，其实就是一间60多平方米的便利店。

密集紧凑地摆满了所有属于"中国"的食品，从时蔬生鲜到各类调料，麻雀虽小，五脏俱全。我在那里买过做紫菜包饭的竹帘和旺旺仙贝，也在里面找到了可贵的小肥羊火锅底料。让我有印象的，是每次结账时，华姐都微笑着说："谢谢。"她30岁左右，五官很清秀，年轻时应该是一位美女，只不过不修边幅，穿得很朴实。她还带着个孩子，一个很安静的小女孩，经常把店里还没有来得及扔的垃圾当作玩具，在一旁玩得津津有味。

虽然湾区的超市价钱更有优势，但我还是经常会光顾华姐家。不知道为什么，看到她们母女这样蜗居在美国一隅，就有同病相怜的感觉。回来的时候，因为买的东西太多太重，我一个人提着，手生生地疼。

外国的白菜很硬，用水煮软了，才能剁成细馅；超市里的肉馅都拌了外国的调料，我只得买鲜肉回去自己加工；好在美国的白面真是质量好，又白又筋道，煮熟之后几乎透明发亮。总不能只有饺子吧？我把黄瓜拍碎，拌上食盐和从华姐商店买来的麻酱，做成"中国沙拉"；为防止有人吃不惯，还准备了一些三明治和两大盘子蛋炒饭。我还买了一些水果和啤酒。

这样忙了一个下午，傍晚的时候，饺子出锅，我的朋友们也陆陆续续到了。

白菜馅的饺子很受欢迎，这北方口味的食物，香港的和台湾的同学也觉得新奇，更不用说外国人。食物的香味还吸引来住在同一层的留学生。于是，肤色各异的年轻脸孔挤满了我的小房间。我觉得很有成就感，这简单的食物让他们大快朵颐。真让人觉得，这世间唯有美食和友情不可辜负，当然，还有爱情。

下了课的普斯一个人来，给我们带来两只甜瓜。他吃了我做的饺子后，竖起大拇指说："好吃，好吃。"

我问他："你最会做什么菜呢？"

"嗯？秘密。"他做了个俏皮的表情，"嗨，有机会我会请你见识我的厨艺。"他把吃干净的盘子给我，"再来点炒饭。"

吃完了东西，喝茶，喝啤酒。不知谁拿来录音机，开始播放热情洋溢的巴西音乐。有人小声地说笑，有人在房间中央的小空间里随着音乐的节拍慢慢舞动。

我坐在门口的沙发垫上，看着这些曾经温暖过我的人，响亮地吹了一个口哨，愉快地哼起歌来。原来，这世界上有很多东西，细小而琐碎，却在你不经意的地方支撑你渡过很多难关。

我的电话响了，我接起来说："喂。"

电话的那一边停了一会儿，然后听见宋家明的声音："蓝星。"

我站起来，离开自己的房间，跑到宿舍的阳台上，说："嗨，是我。好啊，家明。"

阳台上，此时月色皎洁，微风习习，柔软地拂过我的脸和脖子。我不用照镜子，也知道自己在微笑。我说："你那边现在是凌晨吧，怎么这个时候给我打电话？"

"你给我打电话了吗？我收到了你的手机号码。"

"是啊，有一阵子了。我想要告诉你，我的基础课结束了，我两科都得了16分。"

"那真好。恭喜你……你现在在做什么？"

"跟同学一起，开派对（party）。"

"热闹吗？"

"很好啊。我的饺子很受欢迎。"

"是啊，我知道的，你很会做东西吃。"

我觉得有很多话想对你说，话在心头，溜溜转转，却又不知道从何处说起。又希望你多说些什么，我最爱你的声音，从来清清楚楚没有杂质的，今天听来，又如此柔软。

"那好，你玩吧，开心点。再见。"

这么快就结束？

"再见。"我只好这样说。我挂了电话，向上看看夜空。

我怎么会忘了你的样子，你那么帅气。你微蹙的浓浓眉毛，你水汪汪的眼，你总是带着薄荷香味的嘴巴，你白得像我今天包的饺子皮一样的脸。

人隔得这么远，只要想起你，就忘了从前的种种误会和不如意，心里满满都是你的好，你的如夏季里海浪一样的柔情蜜意。

我也不知在阳台待了多久，几乎忘了我的朋友——回去时，好像都走光了。他们把纸条贴在我的门上，说："蓝星，谢谢你的饺子，和你蛋炒饭一样香喷喷的友谊。"下面是各位大侠的签名。

我笑着把纸条拿下来，推开房门，却看见还剩下一位坐在那里，仔细看我贴在写字台前的照片。他回过头，原来是普斯，金发碧眼。他看着我，直直地、轻轻地说："蓝星，我想请你去卡梅尔（Karmel）。"

闭上眼睛，跟我去卡梅尔

一

　　普斯邀请我去他家做客，他的家在卡梅尔。

　　是一个周末的午后吧，他开着一辆车来接我。这辆车跟你的一样，很名贵。我一上车，好像闻到了你的气息。我多久没有见着你了？

　　这是普斯第几次盛情邀约呢？我想想，每次我都是抱着书，心不在焉地拒绝了。这次，他碧绿的眼睛带着祈求的意味，我就有点于心不忍了。再怎么说，他只是一个19岁的单纯热情的孩子啊，曾经那么慷慨无私地帮助过我。

　　他开心地吹着口哨，沿着海边驾驶。他家那里空旷寂静，门前绿草如茵，海边古柏苍劲。海鸟一如既往恣意地在礁石上啄食自己的羽翼和时光。

　　行驶27公里的路程后，便是生机勃勃的另一番景象。毫无防备地，我们掉进了童话般的小世界——卡梅尔。普斯把车泊在附近的停车场，然后，我们默默地走在卡梅尔小镇上。普斯也不言语，只是陪着我，慢慢地走着。

用脚步来丈量这个依山傍海的小镇，才是对它最好的尊重与诠释。暖阳下的一切是那么安静，没有笃笃作响的高跟鞋声，没有汽车的笛声与发动机的轰鸣，甚至没有蝉鸣鸟叫，静谧得仿佛一根针掉落在地上都能听得到。

漫步在那些如同通往童话世界的小路上，道路两旁古朴的窗格诉说着曾在此驻足过的人们的故事，充满波西米亚风格的蕾丝裙，以及彰显着自己独有风格的皮质绳结。充满小清新气味的白墙、蓝门，点缀其中的花朵，街头拐角处艺术家的小门脸，让你会有一种似曾相识的亲切感。行走在纵横交错的街道上，与你擦肩而过的当地人透着一种平和、安宁，这里给"慢生活"赋予了新的含义。

当你走累了，随意走进一家咖啡馆时，香醇的咖啡、甜而不腻的蛋糕，是最美味的下午茶（afternoon tea）。在卡梅尔小镇，让我可以选择停留下来的，是一间不起眼的饰品店，名叫"Amelicgilte"。和店家阿姨聊天，她说这个小店是用她孙女的名字起的。店家阿姨姓汤，中国台湾人，来美国已经有半辈子了，家在离卡梅尔不远的地方。早已过了退休年龄的她，每天往返于家和卡梅尔之间，经营着一些"Made in USA（美国制造）"的货物，倒也自得其乐。

在小镇逛上半天，你听不到喧哗，也不用跟着人群随波逐流，可以慵懒地靠在街角的长椅上沉思。

普斯说："走，蓝星，我带你去一个甜蜜的地方。"

原来是大名鼎鼎的茅舍糖果店（Cottage of Sweets）。步入店内，我的视觉、嗅觉、味觉，立刻被全方位征服。空气中弥漫着甜甜的香气，五彩缤纷的糖果仿佛要从晶莹剔透的包装袋里呼之欲出。糖果散发出的甜蜜诱惑在这小小的空间里无处不在，令人难以抵挡，无论女人男人，还是成人孩子。店员骄傲地说，每年镇上评出的"最香最甜的店"非它莫属，而孩子们评出的"在卡梅尔镇你最可能去的店家"时，茅舍糖果店独占鳌头。

太阳浅照，微风徐来，我们坐在1906年开业的面包咖啡店里，品尝着以甜杏仁和巧克力包裹的马蹄形甜点。我望着窗外家家店面屋檐下悬挂的造型独特、颇具个性的招牌，思索着卡梅尔何以延续这一大特色：这个以93921为邮编的小镇，家家户户没有门牌号码和信箱。这在如今信息高度发达的现代社会似乎是天方夜谭，但在美国的卡梅尔神奇地实现了。

到访的各国游客在街边设置的信报箱里随手取用小镇导游图，目的地在地图上以某某街、某某店相邻为坐标。在卡梅尔邮局如档案密室般的取信大厅里，家家户户的邮箱密密麻麻依次排列。我看到年迈的老人们结伴而来，一边与邻居寒暄谈天，一边用颤抖的手缓慢地拨动着锈迹斑斑的密码锁，仿佛心中默念着芝麻开门的咒语，当信箱开启的一刹那，时光穿梭机把他们带回了光鲜亮丽的21世纪。

尽管在这里世代生活的老居民固执地恪守着他们与世隔绝般的传统生活，但现代资讯仍会渗透这里的每一个角落。房地产中介公司的橱窗里展示着一栋栋花园洋房的售价。拜加利福尼亚州这两年房价疯狂上涨之赐，占地2.59平方公里，拥有4 000居民的卡梅尔，可谓寸土寸金，房价鲜有低于百万美元的。存在即合理，卡梅尔居民大多非富即贵，名人大腕不胜枚举。影片《廊桥遗梦》中男主角伊斯特·伍德曾任卡梅尔镇镇长；风流一世的著名国画大师张大千在卡梅尔的居所，为其斋号起名"可以居"。依我看来，这个

"可以居"颇为自谦。岂止可以居，真是"诗意的栖居"！

镇上有一个小型购物中心，各种名牌应有尽有。我们路过的时候，看到一个很受欢迎的品牌店外排满了准备抢购的游客。这个店里面有个品牌的包包，很受游客欢迎。

你送我的那个包，现在也还挂在我的肩上。每年夏天都会拿来背几次，不然夏天就好像过得不完整。那真是一个明媚的夏天啊，太阳灿烂得好像永远不会落山，我们嚣张得好像永远不会老。你知道，我从来不苛求不属于自己的奢侈，但你说："它不只是美，还不脆弱，就像蓝星一样。"

这是我接受你的唯一礼物。是的，包是女孩子的好朋友，她和珠宝不一样：珠宝可以只负责美，静静地躺在小胸脯前面负责闪耀；可包不一样，它能装，装得下抱负和梦想，还有委屈和隐忍。一鼓作气，耐得住寂寞，把日子过成你从小就要的样子。只是，这样想起你的时候，心里不免多了一些伤感。

我不知道，兀自的忧伤，是否冷落了这个在异乡给我温暖笑容的男孩。他在我身边，不紧不慢地跟随。沿着主街一直下行，就会到卡梅尔海滩

（Carmel Beach）。站在沙滩上望去，右手边就是众多名流居住的西班牙湾（Spanish Bay）。普斯说，来到卡梅尔，一定要在这里看一场日落。他说："心情不好的时候我就来这儿，看着这片大海，看着日落，一切都会变得渺小。你知道，一切都会变好的。"

我想，无论多久，我都不会忘记穿着短袖短裤的19岁少年，普斯陪着我在海边吹冷风，腼腆地想安慰我却又不知道如何开口的表情，还记得沙滩上我们两个大大的拥抱，还记得美丽海岸线上绚烂的色彩。

二

傍晚，我们驱车来到郊外的山谷，虽是黑夜，仍可见茂密植物掩映的白石砖墙。这是普斯的家。

暮色从远处暗袭而来，使得我看不清别墅的外表，可是室内的陈设耐人寻味。

书架并没有什么特别之处，但书架上的小摆设可爱之极，铜质的觚、陶质的瓢、木雕摆件、长柄酒杯、相框……使一个小小的书架顿时灵动起来。

灰色的墙面没有什么特别之处，可一棵树状的铜质贴画，一朵淡绿色的木玫瑰墙贴，让生硬的墙面充满无限趣味。

白色的门框并没有什么特别之处，可门框上方一组从大到小排列的白色瓷罐显得很有意思。

床是藤床，上方居然布置了一只大蜥蜴，一种不拘的个性扑面而来。

房间的走廊上是一组照片，猜想是这温馨别墅的主人，幸福的一家三口。

爸爸是成功的企业家，妈妈现在在旧金山市政厅国际事务办公室负责与友好城市上海的联络工作。他们都是懂得享受生活的人，这个周末，刚好去优山美地度假了。

普斯准备了奶酪火锅：把山羊奶酪放在餐桌中间的小煎锅里烤化，浇在煮好的土豆上，或者蘸着面包吃，味道醇香浓郁。我胃口大开，吃了很多。

"怎么样，我的手艺还不赖吧。"普斯问。我点了点头。

"在中国，你们吃不吃奶酪？"

"不，不吃。"我想一想，"吃得不多。"

我想起来，宋家明第一次带我去吃西餐时，我尝了尝地道的法国奶酪，当时吃起来还不习惯。后来，却爱上了这入口回香的味道。

烛光下，普斯有着微蓝的眼神，他还没找到自己生活的方向。19岁了，该读大一了吧。因为不知道自己到底想干什么，所以就在家乡附近的学校，度过美好的时光。

他对我说了很多，他很坦诚。他说，他有一个女朋友，两人经常在一起。可是，他喜欢有一点自己的空间。于是，很多个星期天，就选择一个人来到邻近的全世界最美的海，一整天就坐在海边，任时光慢慢地逝去。

他说，他想有一个农场，养很多马，然后，在海边让游人骑马看海。他说，在蓝色的海边，在金色的阳光下，一个像我这样的女孩子骑着马，缓慢地走过有花丛的海边。你想想，会是什么景象？

初生的婴儿都是赤裸的，身上仅有的衣服是薄薄透明的皮肤，像没有级别的制服，不分高低贵贱。可这种平等仅仅短暂一瞬，命运注定那些婴儿在之后的人生中有人锦衣玉食，有人窘迫地生活。

我想起你，大概是前者吧。你是天之骄子宋家明，和普斯一样，你们生活优渥。而我从小与奶奶为生计发愁，当你们为赋新词强说愁的时候，我得为每月的学费绞尽脑汁。当我的同学在大一的时候就可以随意出国，身临其境提高英语的时候，我只能辗转在酒庄、会所，靠兼职度日。

当我说起这些的时候，出奇的冷静。想到我的年纪，比眼前这个人只大一点点，却觉得他还是一个小孩子。于是，心里那一点点既现实又冷酷的东西发生了作用，我慢慢地对普斯说："你知道，普斯。咱们以后有各自的生活和前程。"

他怔怔地看了我好一会儿，然后拿起啤酒，大口大口地喝。一直到晚上11点钟。我说："我要睡觉了。我怕熬夜。"

我们睡在二楼，我的房间跟普斯的房间相对。

我向他道了谢，说过晚安，在浴室里洗洗，准备上床睡觉。洁白柔软的床单闻上去是淡淡的百合香味，正在诱发人的睡意。我都快睡着了，突然想起来忘记关窗。看看外面，只见黑魆魆的一片，望不到头，不知是什么东西。

第二天早晨，我睡得心满意足地起来，打开窗户往外看，原来昨天晚上那大片的漆黑竟是茂密的葡萄藤，一眼望不到头。翠绿的枝叶和果实在南方的阳光下甜美地发亮，空气中弥漫着成熟葡萄馥郁的香气。我伸开双臂尽情呼吸，眼看一首七言绝句就要出来了，就听见普斯在下面喊："隔壁邻居有一场婚礼。蓝星，我们可以去看看。"

这话真是不太应景。不过我还是看看他。他站在楼下，正仰头看着我。这金发碧眼的男孩子，长得非常英俊可爱。

好了，我不跟他介意了。

我穿上我的小蓝裙子，化了淡淡的妆，把头发扎成麻花辫。我们到隔壁的花园里，发现宾客已经来了很多。婚礼尚未开始，他们围坐在草坪上摆满了鲜花的木桌旁聊天。

　　我在打量他们的同时，也在被这些人打量，我慢悠悠地和这些人互相打量。普斯终于出现在我的旁边，他兴奋地向所有人介绍："这是蓝星，我的中国朋友。"

　　在哄笑声中，大家举杯："欢迎欢迎。"

　　我端起一杯红酒："朋友们好！乡亲们好！"

　　一饮而尽，四处掌声。

　　普斯说："好不好喝？农庄自产的，1990年酿的，邻居山姆叔叔的宝贝。"

"嗯。"我用力地点头，说，"真好喝。"

在我这一生最快乐的日子里，这个美国乡间的婚礼，是每每都值得回忆玩味的亮点。

阳光下，乳白色的农庄浸在翠绿的葡萄海洋里，花园中的新郎新娘都是年轻的璧人。他们在神父面前宣誓，要爱对方一生一世，有亲友的掌声和祝福相伴。

切蛋糕，开香槟，新郎用力摇晃，酒花飞溅，那是幸运落在了每个人的身上。

为新娘拖着裙裾的是一对小男孩小女孩，漂亮得好像我在画册里看到的西洋娃娃。我招招手，他们过来。我把他们抱在膝上，亲一亲。

"知道这是谁家的小孩子？"普斯问。

我想了一想，说："是新郎新娘自己的？"

"这么聪明。"

猜着了，也觉得惊讶；觉得惊讶，也那么羡慕。有自己的孩子见证自己的爱情和婚礼，这是多么浪漫的事情！这又是多么奢侈的事情！

普斯握住我的手："跳舞吧，好不好？"

乐队此时奏起欢快的音乐，新人和嘉宾在草坪上跳舞。我跟着普斯站起来，加入他们的队伍。

乐曲一个接着一个，也不知跳了多久，我觉得汗水都要流出来了，脸孔一定是又红又热，普斯也一样。

我们停下来，我们看着对方。普斯的唇，突如其来地吻下来。我慌忙躲避，就看到了普斯的父母迎面走来。他们彬彬有礼，活似电影里走出来的璧人。他们也不问，就拥抱我，说："这就是那位小姐，哎，她真漂亮。"

他们的友好与热情，让我受宠若惊。我也只好用英语礼貌地回应。后来离开的时候，我悄悄问普斯："你的父母亲怎么回来了？"

普斯说："他们提前赶回来呢，一是想参加山姆叔叔女儿的婚礼，二是想见见你。"

"那你不早说，我应该打扮一下。"

普斯看看我："挺漂亮的啊。"

那天晚上，他们开着敞篷车带我去"十七英里"看星空。那是我一生最难忘的时刻，海面上折射出星月的光辉，宁静得只剩虫鸣声和波涛声，整个人似乎要飞升起来，融入夜空之中。

后来我曾经几次来到这里，想一睹日落的美丽，却总是错过。人生就是如此，你总以为还能再拥有，但此时此刻，无法复制。多么希望有一天，我能再回到这里，与他们看一场完美的日落。

海边的卡梅尔，已经深深地印在我的生命里。

跟旧金山说再见

一

在忙碌的学习中，日子过得很快。我们班是整个MIIS（蒙特雷国际研究院）里课程最多的班级，每天的课表都排得满满当当。上课很累，作业很多，但穿行在这座美丽的小镇里，一切又都变得不那么重要。

每当我撑不下去的时候，总有一个人的影子在我的脑海里闪现。

他工作时精力充沛、冷静自若的作风，还有那潇洒的举止，都深深地印在我的心上。

在这样高强度的学习中，我和我的同学，成绩也有了一定的进步。现在听每次练习时录下的效果，也不是那么惨不忍睹了。

梁老师说："谢天谢地，蓝星，我终于听不见你的口头语了。"

我回答说："梁老师，我真的不是故意说'阿拉'的，我一着急才说上海话。"

梁老师的课程在圣诞节前结束了，我得了13分，及格了，班里大部分同学都很满意自己的成绩。我们凑份子请梁老师在西班牙湾（Spanish Bay）野餐，广阔的海滩，海涛阵阵。

从圣诞节到新年，美国学校有两个礼拜的假期，外国和香港的同学都回家过节了，台湾的思思去了她在洛杉矶的男朋友家。宿舍里空荡荡的，我给斯坦福的欣儿打了电话，又去超市买了足够自己两个星期的食物，准备自己给自己过节。

蒙特雷在这个时候也挺冷的了，树叶落了一地，吹着带湿气的微凉风。不过我觉得凉，大部分是因为自己一个人过节的缘故。当我独自一人拎着大包小裹回宿舍的时候，跟自己发狠：明年过节，我一定要"人丁兴旺，儿孙满堂"！

这个时候，好像下起小雪，慢悠悠地飘到人的脸上、身上。我向上看一看，它们还钻到我的眼睛里，融化了再流出来，热乎乎的。

突然有人说："你做了些什么？我们这里从来不下雪。你说你做了些什么？弄得这里下雪了？"

我往前一看，是普斯。

他们全家邀请我去旧金山过新年。

在蒙特雷去旧金山的路上，那枯黄的草，像安德鲁·怀斯（Andrew Wyeth）笔下的《克里斯蒂娜的世界》，是我最喜爱的。

再次见到普斯的父母，倍感亲切。她的母亲莎曼，对我的英语赞不绝口。我们吃了一顿丰盛的圣诞晚餐，然后一起去格雷斯大教堂祷告。

夜晚的教堂，银装素裹，美艳得不可方物。我的祷告，其实是我心里的一些愿望，我希望我喜爱的人们平安：我的奶奶，邻居家的阿姨，我眼前的普斯一家，我的好朋友思思和欣儿；我喜爱的小花狗，我希望它长得更快、更高大；还有宋家明，我希望他快乐。

当欣儿得知我已经来到旧金山时，立即约我去金门公园附近的餐厅会面。

我告别普斯，独自前往。

漫步在旧金山的街道上，浪漫而轻松的气息扑面而来。更令人心醉的是，这个城市从骨子里透出的包容。

　　二楼靠窗的位置可以远眺太平洋的海湾。小姐妹欣儿一眼认出了我，"中学闺密二人组"终于又在一起了。那些年，我们朝夕相处，同窗苦读，花痴妄想，糗事频出。一幕幕片段从眼前闪过，不觉两眼已朦胧，所剩无几的孤独无助和沦落异乡的悲悯之感，随着此起彼伏的傻笑声一扫而空。此去经年，彼岸花开。

　　欣儿寄宿在旧金山学艺术的一个姐姐家里，她的公寓位于市中区南边的一个山坡上。爬了大约一刻钟的山坡，各式各样毫无重复的木制别墅便呈现在眼前。白天，对面遥遥相望的是密密麻麻的跟爱琴海边的相似的白色别墅；夜晚，整座山被灯光点亮，密集的光抹掉了星星的色彩，对面山坡上的那片光亮仿佛形成了另一片星海。

欣儿带着我，游走在大大小小的街道里巷，几乎穿过了大半个旧金山。从联合广场沿着旧金山主干道之一的鲍威尔街（Powell）往北，随着旧金山特有的叮当车的轨迹，只经过两个路口，就到了鲍威尔街（Powell）和布什街（Bush）的交口。布什街（Bush）曾经居住过一位鼎鼎有名的作家——张爱玲。20世纪50年代末，张爱玲移居美国，结识了第二任丈夫赖雅，她随同赖雅搬到了旧金山布什街（Bush）645号，在这里进行戏剧创作。645号公寓是街上唯一一栋红色的建筑，红砖构成公寓墙面的主体，搭配乳白色的门廊，门廊上方还有精致的雕刻花饰，很典型的欧洲风格。这么"明目张胆"红得耀眼的公寓，确有些符合张爱玲的脾气。60多年前，张爱玲和赖雅住的那户单元水电全包一个月的房租是70美元，现在时过境迁，不知要涨到多少？亦不知那间红颜住过的房屋，是否依旧散发着文学的气息。

张爱玲在《重访边城》一书中，曾提及自己在旧金山居住的日子。她在文章中说，公寓楼下就是布什街（Bush），她喜欢走过两个街区到附近的唐人街买酸豆腐；或者约上意大利女性朋友，在唐人街附近的小花园广场上聊天；或者去都板街上的甜品店，一边喝着下午茶一边发呆，坐上一个下午。诚如张爱玲所说，公寓距旧金山唐人街只有咫尺之遥。出了645号公寓大门往右手边走，到布什街（Bush）路口便是地下人行通道。幽暗的地下通道里，穿梭的公交车声和行人回荡在地道中"踏踏"的脚步声混杂在一起，让人徒生隔世之感。穿过地下通道，眼前的景象仿佛时空被逆转，回到了二十世纪七八十年代的香港旺角。

说是二十世纪七八十年代不知是否有些偏颇，旧金山的唐人街很像香港旺角或者广东的上下九：鳞次栉比的小店铺，憨厚卖萌的招财猫在门口招手，希冀新顾客的到来。

行至花园角广场，听见有人在唱《天涯歌女》，五人组小乐团，伴随着胡琴、古筝、长笛，唱道："天涯涯，海角——"弹唱的水平都一般。不知道为什么，觉得有种依稀的珍贵铭刻在心中。欣儿说不喜欢来唐人街，觉得脏而旧，一点儿也没有崭新的气派。我倒喜欢这样，好像在看老电影，旧香港、旧上海、药材铺、老字号、广东点心、杂货店……大概只有在这种略显脏旧的街区里，一些具有毛糙的乡情的东西才能显出其可爱来。如果都放在摆设的厅堂里，只会落得被人一脚踢到角落的下场。

离开唐人街，继续向东是旧金山的金融区。与纽约华尔街迥然不同，这里没有那么密密匝匝的建筑，而是多了几分欧洲的古典气息。著名的泛美大厦塔尖高耸，直入我看不见的蓝天，即使把脖子累酸了，站在楼下，也是看不到塔尖的。顺着视野所及的方向望去，金融区上方的天空，蓝得像假的一样。

穿过金融区便与渔人码头遥遥相望了。我们在巧克力广场上晃了一圈，然后进入店里，一人领一块免费的样品试吃。这个有着上百年历史的巧克力品牌店，就是从旧金山走向了全球。店里有很多种口味的巧克力，最爱覆盆子味儿的那种，不知道你会选哪一款呢？

码头区很大，我们沿着海滩边的路，向39号码头慢慢走去，欣赏着一路的风景。当天本来打算去恶魔岛（Alcatraz）看看，这里曾是《禁闭岛》（又译作《恶魔岛》）的拍摄地，可惜周末的船票在周五就已全部预订完，只能在对岸隔海相望。如果目光再向更远处眺望，金门大桥如同一道长虹悬挂在海上。黑夜渐渐取代黄昏，夜色笼罩着码头，不见了海面的那座小岛，不见了金门大桥，只见点点星光闪烁，霓虹灯越发耀眼。

离开渔人码头，我和欣儿沿着电报山脚下的巷子漫步。当西沉的太阳带走天边最后一片紫色云彩、给旧金山市区染上一片黑色的幕布时，我们已在不知不觉中走到了地铁站。没有多余的寒暄，互道一声"Bye bye（再见）"。我走进站内，坐在车里，看月色在漆黑的天幕中渐渐升起来。

二

有了莎曼的帮助，圣诞节之后，我得到了在旧金山市政府实习的机会，跟她一起，协助处理该市与友好城市上海及与中国友好交往的事务。

2月份，我们在旧金山举办了中国上海文化展，以艺术品展览、音乐会、文化沙龙，还有相关企业见面会等多种形式，向旧金山市民介绍了上海的社会、文化、经济方面的情况。中间我做了大量的工作，如翻译、程序安排、会场布置等，忙忙活活，张张罗罗的，有时工作到深夜。

人在忙碌之后，忽然发现时间过得真快，冬天已经结束，春天悄悄来临，嫩绿的树叶悄悄爬上枝头，太平洋绿浪翻涌。

有一天在旧金山闲转时，走进一条小小的胡同。在胡同的尽头可以看到大海。正走着，有个女孩子叫我。她说："姑娘你好美。"于是，我坐下来和她聊天。她给我讲了这个胡同的历史。

真的意想不到，原来这里是著名的麦肯板胡同（Macondray Lane）。

曾经，美国一部火热的电视剧《城市传说》（Tale of the city），就是以这里为原型创作的。剧作者就居住在这里。

有时去韩国城吃一顿烤肉，每回都不会忘记要点上一份西瓜烧酒。觥筹交错间，冰冰凉凉，那些唇间迸裂的清爽，正应了那句"拟把疏狂图一醉，对酒当歌，强乐还无味"。

你可知道，有一种食物，吃完后朝思暮想，是Roli Roti（罗莉·罗娣）家的Porchetta Sandwich（意式香料烤猪三明治）。Porchetta（香料烤猪）是意大利美食，做法是将猪肉去脏，去骨，塞入意式香料，加海盐腌制后再将猪肉捆上细绳，放入烤箱，直烤至外酥内嫩，红光油亮。

我去的时候总是排队，而且是排长队，吸着Porchetta（香料烤猪）的香气熬到队前。其实，这是家类似快餐车（Food Truck）的小摊，没有实体店，在农夫市集一做就做了十年。唐人街有一家叫"金门饼家"，蛋挞很出名，去了三次都扑空。听周围的人讲，那店喜欢开就开，不喜欢开就去度假，关门也不通知。一旦开店，就排队，起先三五人，但饼家在Facebook（脸谱网）上有联系方式，卖蛋挞的人在页面发信息"开店了"——像小螺号嗒嗒地吹，后面排队的人就越来越多。

"这蛋挞到底多好吃？"买不着，每次经过，我幽幽地想。

直到最近才吃到他家的蛋挞，一口下去，想：算了，难得做成这样的美味，白跑的账不计较了。

我也忘不了日式餐馆一条街，那里有最浓郁的栗子蛋糕和抹茶红豆冰。我好几次去"茶庵"喝日式下午茶，点一份抹茶布丁和百吃不厌的栗子甜点，听着静默黯然的日本音乐发呆了好久。晚饭也常在这条街上解决，挑一家冷淡的乌冬面店，一间有着冒热气的寿喜锅的屋里，一个人吃也不觉得孤独。吃饱了，便不会再想家。这样的美食，让我每天都充满斗志和动力。

我经常收到普斯的电话，他询问我实习工作上的情况。我拿起整堆的文件，拍照发给他看。男孩的电话让我很高兴，让我知道，自己原来还被一个没有血缘关系的人惦念。

他告诉我，不要太辛苦了。

我说："不辛苦可不行，我拿了奖学金，回去还要报效国家。"

电话那端是长长的沉默。

我突然想起马克·吐温的一句话："最寒冷的冬天是旧金山的夏天。"

在旧金山的每一天，我既期待海上落日，又不舍得一天就此结束。就好像，我与你之间情到浓时情转薄，爱到尽头成忘却。我一时想不到太多的形容词，也许是真的想不起，也许是不想轻易提起，因为有些故事，只能强制性遗忘。

我的工作很受外国上司的赏识。莎曼告诉我，4月16日，上海市市长来访，到时候，我将为旧金山市的市长做翻译。这是怎样的殊荣啊。我知道这个消息后，彻夜未眠，兴奋得在半夜里穿着睡衣又站到镜子前面，对自己说："加油，蓝星，要努力。"

在我忙着为两市的市长会谈做前期准备的时候，接到了另一个电话。

是宋家明。

"星。"

他在电话的另一边只说一个字，我便感觉自己的心在颤抖。

我有多久没有接到他的电话？我有多久没有听到他的声音？此刻，我紧紧握着手机，直到自己的手发疼。

"你在旧金山工作得很好，我知道。我看了你在上海文化展中做的笔译，非常好。"

你们知不知道一种感觉，叫作"正好"。

一片田地即将干涸，忽然有温润的雨水降下。

一朵火焰就要熄灭，忽然有干燥的柴继续，又袅袅燃烧起来。

一只鸟在瀚海上飞行，忽然找到树枝可以停下来喘息歇脚。

我只觉得喉咙发紧，等了半天，才说："谢谢你，家明。"

"我要去西雅图一趟，可是，恐怕没有时间去旧金山，你有没有时间过来一下？也许我们能见一面。"

我没有时间考虑，有什么对我来说比这更重要的呢？

"好啊，没关系，我去西雅图，我去找你，你住在哪里？什么时候？4月16号，好，我一定去找你。"

我放下电话，远处传来教堂的钟声。我在心里感谢上帝，我一定是做了些好事善举，他才这么犒赏我。

莎曼知道了我要去西雅图，那样坚决地去见一个人，非常不满。但她还是很职业地联络了其他翻译员，只是在离开时，冷冷地告诫我："请和普斯保持距离。"

这个时候，外面下起雨来。我觉得做人真难，不能有一点点唐突和恋情，自己在他们面前很狼狈。我开始收拾东西，心里对普斯一家也觉得歉疚，可是，我一定要去见家明，好像有一种不可抗拒的力量在牵引，就像我这一生中就一定要遇到他的命运。

我提着行李，飞快地坐上叮当车。上车才发现没座位，只好扶着车上的护栏，把半个身子悬在外，但也非常兴奋。开叮当车需要费很大的人力，车夫大多年迈，下坡时拉手刹，上坡再拉一次，接着又是几声吆喝，到站了就摇铃。那一晚，湿漉漉的路面映着一渠渠光影，车灯也拉得很长，红珊瑚似的，人从光的繁华里一路驶向黑寂，再回到唐人街光的繁华里，好像短短的一段路程，街衢还是一样，但已经历许多可能、许多悲欢。意蕊横飞的心情，自己听到"轰"的一响，像一朵礼花放在夜空。到站了，摇铃了，摇铃了，车又开走。

　　我只坐过那一次叮当车。到现在，仍记得那一晚远远近近的丁零当啷；还有那个匆匆赶去西雅图，只为见你一面的义无反顾的自己。

Part 2：

亲爱的，是谁
把时光揉碎在西雅图

我看着那高耸入云端的建筑，想象着哪一盏灯光正在照亮你英俊的脸庞。我站在第五大道湿润的细雨中，孤独被斜风吹成猎猎的旗，招摇在四周的暮云里。走在行色匆匆的人流中，忽然发现自己失去了方向。在西雅图的街头，我突然那么强烈地渴望你能不经意地走来，对我说，好久不见，然后牵着我的手，陪我，走一段漆黑的路。

西雅图的召唤

一

一直向西飞行了两个多小时，当地的傍晚时分，我抵达西雅图。取行李，出航站楼，到处是高眉深目、低声说话的外国人，一转眼已经来到这座有你的城市。

机场外仍是人来人往，有人相聚，有人离别。我要去市中心的威斯汀酒店（Westin），一路打听好后，上了大巴士，车子在春天蒙蒙的细雨中穿过城市，驶向威斯汀酒店（Westin）。

暮霭中的翡翠之城。

我这一路只觉得眼睛不够用。

树木馥郁，草地青葱，甚至飘来飘去的雨，轻轻掠过的风，都带着青绿的颜色。霓虹街灯、细雨润泽、古朴陈旧的街道，水汽氤氲着神色黯然的行人。有美丽的少年牵着大狗在街头匆匆过去，有神秘的女郎在咖啡座透明的橱窗里点燃一支烟，静静地看向外面，不知谁是谁的风景。依稀可辨的是远处太空针塔（Space Needle）高高的影子，虚虚的，是印象派的造型，我用手指轻轻地敲打窗子，用英语低声说：Seattle（西雅图），Seattle（西雅图）。蓦地，就觉得"西雅图"的发音有点暧昧，舌头要灵巧地卷成一个波浪，然后优雅地拉长尾音，浪漫的腔调就飘荡在唇齿间。

旁边同乘的一位老太太转过脸，问我："第一次来西雅图？"

我点了点头，又摇头。老太太一脸愕然。

有些事情，一小段一小段地浮现在脑海里。

我跟宋家明，偶然相遇，一起旅行，争吵，最后我一剪子把这事了断，你顺水推舟把我送到美国。现在，我什么都抛在脑后去见你。

路过·光影 | We Saw·You See

人生就是一笔糊涂账，我们是两个糊涂虫。彼时，我在国内念大三，我俩虽然生活在同一个时区，却有"一辈子的时差"。少年时，你跟随父母，坐在豪华的头等舱里，飞越海洋、陆地，去陌生或熟悉的地方，北美、欧洲、撒哈拉沙漠以南的非洲，有时一路黑夜，有时一路白昼；长大之后，你为了自己的事业和学业，仍然不断地旅行，迎来送往，行色匆匆。

而我，永远在为钱发愁。我为奶奶的医药费、生活费，还有我的学费，四处奔走。曾经，在我最困难的时候，我在打工的会所里认识了一个可以帮我支付费用的土豪，条件是陪他一个月。还没来得及开始，就已经被你发现。当时我低头不语，心里五味杂陈。

那段时间，我非常憎恶自己小时候那么喜欢看书。我痛恨自己看了那些书，把我看得多愁善感，看得想入非非。如果我是一个每天只研究美食和衣服的姑娘，甚至哪怕是一个所谓物质至上的女孩，我觉得都比做一个自尊和傲气的灰姑娘要快乐得多。终于，你把你所有的积蓄交给我，并对我说："蓝星，不管发生任何事情，你都要和我一起面对。"我记得当时，你的眼睛是那样充满柔情，让我的心慢慢融化。

别人都说，我们的爱情是温室里的花朵，经不起现实的一点点考验。但我知道你一直在努力，你亦师亦友，关心我的学业和生活，不遗余力地帮我介绍薪金不菲的兼职，如在商务部做行政文员，偶尔翻译一点儿会议资料；在你朋友的公司当个临时导游，节假日带领外国友人领略中国的大好河山；你为了我，与父母之间无休止地争吵；你为了我，放弃外派到瑞士的机会；你为了我，开始接私活赚外快……可你是宋家明啊，青葱一样的男子啊。你穿3万元的名牌西装，你住在城市里最繁华地段的单身公寓，你受过最好的教育，你有最好的品位。你是这样的一个人，有一句话，也会在下了车才对我说，不会像那些阔少爷，坐在驾驶座上跟女孩搭讪……你这样的人啊，让谁能抗拒得了呢？

　　跟你的恋爱啊，好像去一个遥远的异国旅行，沿路都很开心，就算心里知道绝对没有机会在那里定居，但我如果有机会，还是会选择去世界各地旅行，哪怕我们不能在一起，我依然想把世界的美丽都分享给你。

　　就像此刻，我托着头，看着天空的云流舒畅地滑过，在云层之上，悬着那个冷冰冰、圆溜溜的大月亮。这是西雅图的月亮。你看到了吗？

　　如果将来，当我在世界的其他地方，如玛雅的遗迹，或是非洲草原，或是印度的树屋上的时候，看到的，还会是同样的月亮吗？那个时候，月亮会记得，我曾经专注地看过它吗，会向我铺洒温柔的光辉吗？月亮才是最好的旅伴呀，永远都在那里，虽然远远的，但是不离不弃。

曾经，我们也是那样的吧？可是在爱情里，坚贞是假象，誓言是应景，生活是改变，统统在永远之前就有了结局。记得那年，我们还在这座城市的街道，牵手并肩走过，可现在呢？对我们来说，西雅图应该不会陌生吧。它不似洛杉矶那般热情奔放，也不如温哥华那样贵气逼人，它默默地居于二者之间，以清新的迷人姿态，吸引无数游客来触摸它的舒柔爽朗。

最吸引我的，还是西雅图的浪漫与忧伤。

这座浪漫中带着丝丝忧伤的城市，似乎已经成了爱情故事的最佳发生地。从《西雅图不眠夜》到《晚秋》，再到《北京遇上西雅图》，三部电影发生在同一个城市，一定是有依据的。它的味道，应对了我的喜好，我对这座城市毫无陌生感，肆意地把一切有关爱情与浪漫的美好想象都附加于它。

哪怕只是吹吹风，也能感受空气中不乏灰色与忧伤的调性。

印象里的西雅图，除了松鼠、海鸥外，也许就是那些在街角不期而遇的咖啡店了。

在旅行中的人都会有同样的体验，一座城市在记忆中的重要标志，往往超出了自然风光、电影及旅行杂志的范畴，到最后，只有人的存在，才是最关键的因素。

如我这般。

于是，去看你宋家明，便成了我来到这里的唯一原因。

大巴在兜兜转转中，我竟坐过了站。月亮隐去，西雅图又开始下起雨来。我其实是个最迷信的人，在国内的时候凡事讲究兆头，如今在这里不期然迷路又淋雨，总归是回测的开始，让我心中不安。

我叹了一口气，我到那里去，不过是要见你一面。我想跟你道谢，我想谢你给了我梦寐以求的留学机会。我们不可能还有什么复杂的瓜葛，我对此很清楚。既然这样，事情还会坏到什么地步呢？不过如此而已。

当我扛着背包，在忽大忽小的雨点中寻找威斯汀酒店时，心情也像西雅图的几个昼夜旋转的城市标志雕塑一样，开心地舞动起来，因为不论男女老少，被我问到的人都认真得令我有些受宠若惊。他们不是打开自己的手机开始为我导航，就是恨不得干脆把我送到目的地。甚至我并没有问路，身材魁梧的街头巡警与毫不相干的路人，看到我忧心忡忡的神色，也会主动询问：Are you ok？（要帮忙吗？）

得到肯定答复，他们还要追问：Are you sure？（确定？）

噢，如此友好的态度显然不是刻意培养出来的，而是一种生活常态，让我倍感西雅图的温柔。4月的迷离雨夜，空气中都飘着一种清香，路边盛开的淡粉色樱花树让人醉醺醺的。我想，也许那艳丽火红色的城市雕塑、雨伞、冰棍和自行车，才是这座貌似淡定的雨城能如此俘获人心的秘密——难以抑制的某种热诚，混合着童真的、充满动力的对生活的信仰，它足以让人一见钟情。

二

整个黄昏都阴云密布，西雅图的街道上飘着淅淅沥沥的细雨。在以数字命名的各色街区里行走、迷失，湿滑的地面上倒映着各个店面忙碌的灯火。熙熙攘攘的人群喧闹着，掺杂着很多种听不懂的语言，却可以猜到那位撑伞的妇女是在小心地向店主询问价格，那些从身旁擦肩而过的人们漫无边际地聊着天，那个老人正站在雨里摊开双手放声歌唱……

在雨中独自徒步，穿过一条条逼仄的城市峡谷，阴天的黄昏独有一种情绪暧昧的光线。透过每个橱窗，可以望见灯下很多忙碌的身影：香肠店切肉的伙计、比萨店收钱的女孩、药房里提秤的老者……每张匆忙的脸，每个一闪而过的背影，都可能来自地球的任何一个角落。大步流星地向前方的一个个路口走去，每个路口都充满了精彩纷呈的事物，无论洁净还是肮脏，喧闹或者死寂。去市中心的人行道上，脚下的金属井盖里传出地铁哐当哐当开过的声音，快步走过的黑色风衣、皮鞋、公文包，或者丝袜、长靴、短裙，西雅图无边的魅力和强大的包容，正透过眼前的每一处细节，成为一个异乡女子的全部世界。

我经过华盛顿州会议中心的时候，看见城市的霓虹灯在雨里隐约闪耀着幽暗的绿光，你下榻的酒店就生生地闯入我的眼帘。

　　西雅图威斯汀酒店，位于市中心第五大街，47层的高楼非常气派，一条轻轨从酒店门前穿过。新闻上说，威斯汀酒店这三天不但房间全满，出入还要进行严密的安检。此刻，我离你如此之近，却突然迈不开脚步。我徘徊在太平洋百货、梅西百货、诺德斯托姆商场之间，它们还是那样热情洋溢地招揽着各色顾客，谁也不会在意缥缈的街景下站着一个眼神迷离的我。

我看着那高耸入云的建筑，想象着哪一盏灯光正在照亮你英俊的脸庞。我站在第五大道的蒙蒙细雨中，孤独被斜风吹成猎猎的旌旗，飘摇在四周的暮云里。走在行色匆匆的人流中，忽然发现自己失去了方向。在异乡的街头，我突然那么强烈地渴望你不经意地走来，牵着我的手，陪我走过一段漆黑的路。

终于，当一只胆大的鸽子，在咫尺前盯着我纹丝不动的时候，我才发现自己已经在你下榻的楼下。进门就见用中文和英文书写的横幅："热烈欢迎中华人民共和国全国人民代表大会代表团莅临。"

好气派！

我不知自己此时的样子怎样，进门便被笑容可掬的大堂服务经理拦住。

"小姐，住店，还是找人？"

"我找人。"我说。

"请到这边来。"

大堂服务经理还是面含微笑的，小声地对我说："我们这里现在接待高规格的贵宾，安全方面不得不加强控制，请您原谅。只要通报一下就好。"一面又虚伪地说，"啊，您说英语居然不带东方口音，真是奇迹。"

我心里很不舒服，其实，我根本不用查房间号，因为你早已告诉我了。我只需说一句：我现在要上去找宋家明，我们约好了，他在等我。

可我从小就习惯顾及别人的颜面，我便随他向前去。到了前台，我刚要说话，却看见旁边一位正在登记的中国女孩。

女孩的衣着光鲜亮丽，带着成套的路易威登，流利地用英语说："您好，我要找中国代表团的宋家明先生，请您通报一下。"

我低下头，在自己的包里找东西，并留心她说话。

前台的服务生说："小姐，宋先生在等您。"

我的手一抖，听到身体里有个东西在碎掉。

有服务生问我："小姐，能为您效劳吗？"

我在这一刻抬起头来，与要离开的女孩打了个照面。

我看看她，她看看我。

这么美丽强悍、神采飞扬的一张脸，我是见过的：我记得她看着家明胜券在握的微笑。

那是在G20（20国集团）高峰会议上吧，会议休息的时候，我看见宋家明从工作间里走出来，一边跟同行说话，一边向我的方向看一看。我还记得，我向你竖起大拇指，让你露出了一口好看得像黑人牙膏广告模特儿的牙齿。接着，我听见身后有人说："你看见了，那个人就是宋家明。"

我回过头，是两个胸前带着记者证的女人，说话的很年轻漂亮，身上披着瀑布样的黑色长发，向宋家明的方向微微笑，笑得志得意满、胜券在握，看见我看她了，眼光对上我。我说："嗨。"她并不回答。我转过来，心想：哼，还真够骄傲的呢。

会议结束，那个女人跟她的同事去找宋家明。家明，你可知道，我远远地看着你？你的身影挺拔修长，说话的时候，为了迁就女人的高度，微微含胸。

你这样的人啊，谁能抗拒得了呢？

我慢腾腾地离开那里，心上、眼里都是你的样子。

回忆不能抹去，只好慢慢堆积。岁月带你走上牌桌，偏偏赌注的是自己。我回过神来，脑袋里就蹦出尤瑟纳尔说过的一句话，我一直觉得无比刻薄但又无比精准的话："世上最肮脏的，莫过于自尊心。"是的，没有这自尊心，我就可以勇敢地跑到你面前，大声告诉你："宋家明，我是如此爱你！"

但悲哀的是，我如此清醒地意识到，即使肮脏，余下的一生，我也需要这自尊心的如影相随。我知道，宋家明在等一个人，在西雅图威斯汀酒店808号房。我的心脏因为长期的等待，变成一根敏感的弦，门口哪怕有细微的脚步声，也让你的心念紊乱。你到底在等谁？如果是她，那我呢？

4月16日，西雅图，威斯汀酒店，这是一个普通的初夜。

片刻。

我可以，为了见你一面而翻山越岭，放弃日月星辰，风尘仆仆而来，就是希望和你在一起；如果不可以，那我就在你看不见的地方，永远陪着你。几乎在那一瞬间，我就暗暗做出一个决定：离开。

天地突然变得清静无比，我听不见服务生的询问，听不见周围的窃窃私语，只听见心底有个声音在不断地呼唤：宋家明、宋家明。我转身的时候，可能有点急，眼前有点黑，然后有一股很熟悉却很陌生的香味，是大堂里的白茶散发出来的。它让我眩晕。我步履踉跄，有点狼狈。

与女孩擦肩而过时，她心情很好地看着我笑了："中国人？你好。"

当然，她是不认得我的，我听见自己梦呓般地说了一声："你好。"她已随引路的服务生离开了。她去见等待着她的家明。

我的背包掉在地上。

酒店的大堂，天南海北的富人川流不息，春风满面的侍应迎来送往，只有我自己，孤身一人。

此处于我，是一座冰冷的空城。

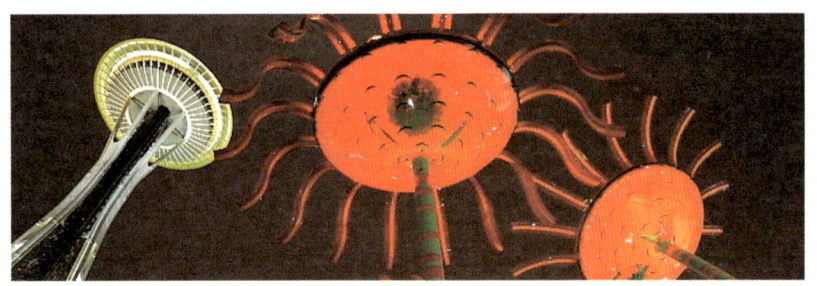

一杯咖啡，一些回忆

一

走出酒店，外面已是夜色渐浓。远处的摩天轮亮起，在月夜下孤独而华丽地独自旋转。雨后气温骤降，冷风吹过耳边，寒意瑟瑟。

我不知道走过了几个街角，只听见手机在响个不停。那是宋家明的电话。我不想按，拼命奔跑。最后，我浑身发抖，把手机开启成静音模式，随意间推开了临街的一扇门。进去之后，里面如春天般的温暖，让我觉得自己好像在做一个冗长的梦。帅气的服务员

这是一家叫 "Roastery and Tasting Room for Starbucks（星巴克公司品尝屋）" 的咖啡店，文艺范儿很足，咖啡香味四溢，店员是年轻有活力的小伙子，或是娇艳的美女，因为青春，所以豪迈。在这里，可以免费参观大型的烤咖啡豆子机器，观看整个咖啡的制作流程。然后你可以点单，用特定Logo（标志）的咖啡杯品尝一下最新鲜的Coffee（咖啡），它的美味，简直可以抚平世间的一切伤痛。

我找了一个靠窗的位子坐下，点了一杯热拿铁，香浓又不太伤胃。咖啡的味道和香浓的牛奶混合在一起慢慢往下咽，整个体内都倍感温暖，其他地方我不了解，但在西雅图这样的夜晚，最好喝的拿铁莫过于这间店铺了。

拿铁的氤氲让窗户有了一层薄薄的雾气，透过这层雾气看这座城市，霓虹灯一点点亮起，竟有了一种陌生的朦胧美。

家明没有错。我当然知道你在等我，可是你有了新的生活，有了跟你那样般配的出色的女孩儿，我自己心里是清楚的。我也没有错，我不给你找麻烦，我从来不想给你找麻烦。

　　窗外淫雨霏霏，西雅图很美，哥特式建筑群之间，有浑身湿透的乌鸦落在屋檐、地面，狼狈地拍着翅膀；有海鸥长鸣着斜划长空，破雨而行；还有一跳又一跳的小松鼠，也不知道要去哪里，找什么。我在玻璃窗里看见了自己：长发，淡妆，表情丰富，没有皱纹，和一年前那个和你牵手开始一段甜蜜旅程，第一次降落在太平洋对面的小姑娘，并没什么两样。

　　闭上眼睛，我和你的一切一切，都还历历在目。

　　从什么时候开始，我们有了争吵呢？或许是一个周末吧，我驻唱的酒吧在装修，有了空，终于答应你，要去见你的朋友。那天，你说："蓝星，你打扮得真漂亮。"我的长发束成马尾，麦色的脸上略施薄粉，涂着绿色的眼影和透明的唇膏，穿着一身白色的阿迪达斯运动装，裙下是一双修长结实的小腿。

我跟着你，看着你介绍的一个一个朋友。他们穿着考究，系出名门。大家打趣着说："宋家明，你女朋友这么漂亮啊，怪不得深藏不露啊。"突然，有人说："怎么这么熟悉，我肯定还在什么地方见过呀。"我的手抖了一下，西柚汁撒了出来，撒到裙子上。

我曾在一个著名的酒吧兼职，是唱歌，因为它收入高。这并不是什么丢人的事情，但在这样的场合，我之前的经历，就成为心里最赤裸的伤痕。

你可知道，我辗转反侧多久，终于才下定决心，成全你的面子？还要打扮得漂亮，而且装得高兴。后来，你开车送我回去的时候，我们之间就开始了争吵。我发完牢骚，就跳下车子，大步往前走，头也不回。

这是我第一次向你发脾气。我都不知道，向来温顺快乐的自己怎么会突然愤怒起来。

可是，亲爱的，我知道，这并不是你的错。

我们之后有一个多月没见面。我没有找你，你也没找我。

我白天学习，晚上唱歌，几乎不得喘息。

记得那是周五的体育课，达标测试，我自己跑完了50米，又冒名替另一个同学跑了一回。我跟几个女生一起去食堂的时候，有人开车停在我旁边。是花公子坐在里面，他对我的歌很是捧场。他耀武扬威地对我说："蓝星，如果你不跟我在一起，那你就得承担自己是'失足女'的后果。"

我看着他，阳光下的这个人，让人觉得耻辱。发呆的时候，我想清楚了一件事情。

一个人的历史，和一个国家的历史一样，总有人帮你记住。这么久，我跟宋家明在一起，玩得忘了形，终于有人来提醒我：不要不知道自己是谁，不要忘了自己出身卑贱。

那天的午饭，我吃了很多，米饭、鸡丁、豆角、蛋糕，下午上口语翻译课，我的表现很好，受到老师的表扬。我晚上一边背单词一边跳绳的时候，跟自己发誓，我要好好学习，好好生活。

后来，学校里就有了关于我的各种流言。我将失去奖学金，失去各种锻炼的机会。我叹了一口气，现在恐怕是要臭名昭著了。可是，再想一想，又能怎样？我不过在这座学校这个城市里待上一年，然后我换个地方生活，谁也不认识我。

重新来过。

我不会因为这突然的打击而有什么心理阴影，这点事情还不足以击溃我。我知道有人恨我，有人陷害我。这很好，我因此更要善待自己，否则亲者痛，仇者快，得不偿失。

不过，让我的心隐隐作痛的是宋家明。

你对我那么好。

可是，我们分开是迟早的事，迟不如早，长痛不如短痛。

未待我选择好一个合适的时间，另一件事情突然发生。我终遭重创。

假期结束的第一天下午，系主任李教授让我去办公室找他。我以为是要布置我参加全国英语演讲比赛的事，将写好的稿子一并带了去找他。去了之后发现，辅导员也在。

主任见了我，并没有好脸色。

我坐在沙发上。

辅导员指着办公桌对面的椅子对我说："蓝星，你坐这里来。"

我正寻思发生了什么，他们将一张传真摆在我的面前。二号的黑体字符，清楚地介绍了我在酒吧当卖唱女的行径。言辞犀利，语势压人，以一句"是可忍，孰不可忍"结尾，是谁这么恨我入骨？

主任说："蓝星，我一直觉得你是好学生……"

我的脑子里一片空白。

不过此人要害我，却没有下杀手。

只发传真，没有真凭实据，足够我名誉扫地，却不至于被学校除名。

主任说："当然我们也不会信一面之词。不过，蓝星，你从此之后要小心了。哦，演讲比赛的事，你先不用准备了。老师做这个决定，事出有因，也请你理解。"

我当然理解，有丑闻的女生是所有学校的禁忌，哪能代表学校再去参加全国的比赛呢。

我向主任行礼，道谢，离开他的办公室。

找到最近的一个角落，给宋家明打了电话："你现在出来，我要见你。"一个小时之后，我们在约好的咖啡厅见面。

我先到，我看见你从外面进来的时候，额头上有亮晶晶的汗水，你的眼角有点倦意。

你坐在我对面，习惯性地松一松领带。我看看你，你又瘦了，脸色从来没有过的白，白得让人可怜。

我的心在这一刻又酸又软。

我的手放在桌子上，手指修长，指甲透明。我告诉你，我的日子过得很糟糕，有人污蔑我，从此我抬不起头来。

"宋家明，我们分手吧。"

我终于对你这样讲出了口。

你问我："为什么？"

我略作沉吟："家明，再没有人像你这样对我好。可是，跟你在一起，我的压力太大。有关许多方面，比如家庭、背景、大家所说的'出身'，还有，钱。这些都是我不能回避的内容。还有你的朋友。我提心吊胆地面对他们每一个人。我不堪重负。"

你问我："你把我当作什么？"

家明，你是我负担不了的昂贵礼物。

我跟你在一起，开心得忘了形，所以有报应。

我忘记了我自己的出身。我看见你强忍的泪水在这一刻终于流了下来，我听见你在说："蓝星，我做错了什么？你要这样对我？我使尽浑身解数想要讨好你，别人说'出身'，可我不在乎。我知道你不愿见我的朋友，以后就不见。你不喜欢我提钱，我以后就不提……"

悄悄地，我的手覆在你的手上，说："家明，这些都不是你的错。是我们太不相同，像油和水，永远不能相融。我们现在分开，好过以后的怨恨。你对我的好，我永远不忘。你以后，会有好女孩；我以后，会有适合我的普通人。我们会有适合各自的生活。"

我说这句话的时候，突然就体会到你从此以后彻底的绝望，因为我看到你的眼泪如决堤般泛滥。

我绕过桌子走过去，将你的头抱在怀里。抱着你，只觉得你这么消瘦。你哭得像个孩子的样子，时常在午夜梦回的时候，在我的心里下起一场一场的雨。

草长莺飞的校园里，我已成为无聊的口水剧女主角，无处遁形。我去图书馆，在操场，在洗衣间，只要我出现，就知道有人在打量我。

我学习好没人知道，我长得不错却在外语学院不算出众，我毛笔字写得很好，英语系的喜报全是我写也没人知道，可是，我的丑闻，让我在短时间内成为学校的知名人物。

化成灰也认得你！

真是恐怖。

幸好欣儿总会适时地出现，我看见她，招招手："过来，过来，这边。"欣儿不顾一切地跑来。

我们买了汉堡、薯条、羊肉串、啤酒，坐在立交桥上，聊着心里的悲伤。我看着立交桥下面的车水马龙，由近及远的万家灯火，心里暗暗地想：这个城市里流动着大量的金钱和财富，有着最光鲜靓丽的外壳，可是，在金流涌动之下是难测的社会与人生；我自己，是颗坚硬渺小的尘埃。

我时常在心里安慰自己说，家明对我的好，我已经用离开和成全悉数奉还。可是没过多久，我便又欠上了你重重的一笔。我得到了梦寐以求的前往蒙特雷学习一年的机会，当然这也是你宋家明为我争取到的。你知道，任凭我的心脏再坚强，也没有人能在如此可怕的飞短流长中生存！这样的安排，对我来说，无疑是救我于水深火热之中。

人生的急转弯让人措手不及，我梦寐以求的机会如今摆在面前。只是，我此后又要欠宋家明一笔重债，我觉得难以割舍，又无力负担。

雨在此时越下越大，浇在咖啡馆外的玻璃上腾起薄薄烟雾。

我深吸一口气，镇定心绪。终于，决定给宋家明回电话，我说："我去不了西雅图，还在蒙特雷。真是抱歉，我临时有一个重要的考试，我刚刚考完。我忘了告诉你。"

"那你什么时候能过来？不，或者我去找你。"你在电话那头焦急的样子。

"不不，我过不去了，你也不要过来，我最近很忙，我可能还要跟导师去别处实习，我……再见！"时间仿佛死去了几秒，我听见你在说："蓝星，你怎么才给我打电话？我担心你出事。"

"会出什么事？家明，我不跟你说了，我们再联系好不好？再见！"

我急急收了线。

我看着自己的电话显示：36秒。

好长时间，我都没有动。我突然觉得自己的心里空空的。我发觉，我跟宋家明一直在重复的话就是：再见，再见。

此刻，细雨如雾，地面微潮，却没有人打伞。有人说，在西雅图这座城市，一转身一回头，你就能遇见爱情。我想就算不是爱情，也会是一段美丽的时光。从来时的路上望去，威斯汀酒店已远。就像我们那些深藏在记忆角落的曾经，写在云上，化进风里，却最终也没能飞过沧海。

二

这是一个飞往西雅图的大约10个小时的行程。是刚认识的夏天嘛，我们约好了开始一段以西雅图为起点的阿拉斯加游轮之旅。

上午，飞机里有柔软的日光和轻微的民族音乐，宋家明握着我的手。开始，我们的话说得不多，你的另一只手里拿着一份杂志。我有时看看你的侧脸，你漆黑的眼睛、高高的鼻子和薄薄的嘴唇，你攥起我的手放在嘴边摩挲。

你说，当你一个人的时候，喜欢坐在咖啡厅里的某个小角落，慵懒地用着电脑、看个书，偶尔看看窗外的风景，然后伸伸懒腰，手里握着的是一杯暖暖的美式咖啡，鼻子闻到的是阵阵咖啡香。而现在，你的身边有了我，因而不再孤单。你说，我是走到你的灵魂中的旅伴。你想让我陪你尝遍天下最美味的咖啡。

我们抵达了西雅图。

西雅图就是这样一个步调悠闲的城市，无论在哪个季节，人们手里总是捧着一杯咖啡。如果有时间，就去咖啡厅里坐上一个下午，享受那片刻平静的时光。

　你告诉我，当观光客们都还在派克市场（Pike Place Market）跟第一家星巴克的Logo（标志）合影的时候，西雅图的当地人在隔壁一栋楼的二楼一间神秘又隐秘的咖啡厅里，优哉游哉地喝着咖啡。

　你带着我，踏进斯托里维尔咖啡厅（Storyville Coffee Company）时，就会觉得一股温暖的舒适感涌上来，大地颜色的暖色调装潢与一排舒服的沙发，就像在跟你招手并说着："来坐吧，拿着我们最有爱的咖啡，享受一下午吧！"

从墙上挂着的牌子和做出来的拉花，就可以感受到斯托里维尔咖啡厅（Storyville Coffee Company）是一家非常有爱的咖啡厅。连WI-FI的密码都是"Welcome every body"呢！

整家店面在夏天的时候，阳光普照，而在冬天的时候，有火炉可以取暖，对于来到这里的每一位客人都是一份享受。另外，每天到差不多下午5点的时候，店员还会走到你身旁，亲切地问你是否来一块刚烤好的免费的布朗尼蛋糕呢！

而奥迪费洛切咖啡湾（Oddfellows Café & Bar）是一家位于国会山（Capitol Hill）附近，从早上8点就开始营业到午夜的复合式供餐咖啡厅。白色大窗户的外观，以及里面宽敞又艺术性的设计，让来这里的人感到一股轻松的氛围。

平时，你会发现这里坐着各式各样的人，有办公外出洽谈的职场人士，有在电脑上敲报告的学生，还有一些悠闲看报的爷爷奶奶，一同在这宽敞的空间里，享受着美食与咖啡，诉说着自己的故事。

另外，他们家除了早午餐和夜间的调酒很受人们喜爱之外，户外的阳台座位区也很受欢迎，白色的小圆桌相映着红色砖墙，别有一番风味。我们去的时候，已经客满，斜阳下有一对等待中的中国情侣的身影被拉得很长很长。

我永远不会忘记，你说，如果你路过兰顿（Renton），绝不会错过的是一家叫作利伯蒂（Liberty）的街角小店。当然，如果你碰上的咖啡师是个长得像猫头鹰的小哥（Mike）的话，你的咖啡就更没得说了。

迈克·莫斯科维茨（Mike Moskowitz）是那种所有人都认识的咖啡师（Barista），也是店主，本地人。如果你高兴，可以和他聊很久，比如说去阿拉斯加那次旅行怎么样了，什么时候打算去中国看看。你说你每次去机场之前都会来这里拿上一杯咖啡，和西雅图说声再见。另外，如果有货的话，可以顺手买包迈克调和剂（Mike's Blend），这是迈迪·福克·罗斯特（Middle Fork Roasters）以自己名字命名的配方。

很多很多咖啡馆，我都和你一起走过。一点点过往，在脑海里如电影镜头般闪过。

只是在这个不眠之夜，难免会想起我和你牵手的画面，不自觉就哼起陈奕迅（Eason）的一首歌：

你会不会忽然地出现

在街角的咖啡店

我会带着笑脸挥手寒暄

和你，坐着聊聊天

我多么想和你见一面

看看你最近改变

不再去说从前，只是寒暄

对你说一句，只是说一句

好久不见

昨日重现，良人不见

一

或许是夜深了，咖啡馆开始打烊。我正坐着发呆，有人对我说："小姐，你有什么伤心事吗？"

我回头一看，这是一个英俊的外国小伙子，他白皮肤、黄头发、蓝眼睛，穿着一套黑色的夹克和一双球鞋。

我摇头，拿起背包，准备离开。这时一个女孩儿也跑了过来，说："小姐，您不要害怕，我们是情侣。只是看你一个人，情绪有点不对，你还好吗？"

我怔了怔，她可能还未满18岁吧，金色的眼睛有善意的光芒。她说她看我很久了，一直在踌躇着是否上前询问。是的，老外永远有一副好奇的热心肠。

我的鼻子堵得慌，我看着她，慢慢地说："谢谢。"

我不想给任何人添麻烦，我兀自走出去。

美国的大部分城市晚上都不会见到中国的那种繁华。家，才是他们最爱的地方吧。午夜的西雅图已经很冷清，但很精致。我站在街边，冷风呼啸，就像一个刚刚被主人抛弃的小动物，一下子失去了方向。那对小情侣出来的时候，经过我身边，可能是我茫然四顾的样子，深深地触动了他们那丰富的同情心吧，非要邀请我搭他们的顺风车不可，带我去凯瑞公园（Kerry Park）看日出。他们年轻的脸上，写满真诚与期盼，我无力拒绝。

男孩叫瑞德，女孩叫凯瑟琳，都是华盛顿大学的学生。他们有一辆很可爱的甲壳虫，车子里有很轻的音乐。他们是西雅图本地人，他们早上看樱花，晚上数星星。他们正在热恋中。此刻，瑞德在开车，凯瑟琳坐在我旁边，惊异地说：“刚才在咖啡馆里，我都看你挺长时间了。你满脸阴云，愁眉苦脸的，你的样子好像要自杀。”女孩的脸在我眼前，雪白圆润的面孔，不着一丝儿风霜，是再清纯不过的小萝莉。

“是吗？”我看着车窗里自己的脸，苍白而萎靡，“你准备好听这个伤心的女孩的故事吗？”

“你愿意说？”凯瑟琳很兴奋。

“我愿意告诉你。”

“……”

“我来见一个朋友。在中国的时候，我跟他，嗯，就跟你们现在一样，那么幸福。不过，刚才，我没能见到他，所以有点难过。因为有太多的不同，我们不能够在一起。不过我很爱他，到现在也是如此。他把一些东西带走，又把一些东西留在我的生命里。”

凯瑟琳敛起笑容，显得非常严肃。

我在说这么老土的话，这些事情我从来没有对任何人说过，现在开了口，就突然觉得有很强的欲望想要倾诉，有些秘密埋在心里，埋得太苦，我不堪重负。

“他的妈妈跟我做了一个交易，让我离开他。我同意了，但我并不是因为她开出的筹码。而是我们不可能在一起，我比谁都清楚这一点。”

她看着我。

“所以，亲爱的小妹妹，可能，我跟你想象中的实在不一样。还有，我是个不健康的人，因为从小就有地中海贫血症，所以父母抛弃了我，我是个孤儿，我以后恐怕是不会要小孩子了。我总觉得，我会自己生活一辈子的。”

我这样慢慢地说完，觉得心里好像真的轻松一些。一直以来，做一个有秘密又故作坚强的人，我可真累。

可是我没有眼泪。

凯瑟琳有很长时间没有说话。突然，她深深地呼出一口气，揉揉眼眶，又看看我："漂亮姐姐，你要不要我拥抱一下？"

之后多年，我仍不能忘怀这个西雅图女孩子的拥抱。在我的心最脆弱的时候，我在她温软的臂弯中，像一阵又轻又暖的小南风，慢慢熨帖心头上狰狞的伤口。

我们一路开车往山坡上前行，凯瑞公园（Kerry Park）似乎不是一个严格意义的公园，就只有一个观景台和一些雕塑，除了摄影发烧友外，都是情侣。此情此景确实适合相互依偎着欣赏。我站在山顶看着这个浪漫的城市，那灯火辉煌的街道，优雅的太空针塔，火色的摩天轮，若隐若现的雷尼尔雪山……让我不得不感叹，西雅图，真的好美。

车厢里有啤酒，瑞德拿出一瓶来打开，站在山顶上迎着冷风开始喝了起来。凯瑟琳不怎么抽烟，为了陪瑞德也点上了一支。我们像很熟悉的亲人一样，有一句没一句地说家长里短："你没有再交男朋友吗？"

我点了点头。

"以后和他还会联络吗？"

我摇了摇头。

黝黑的夜空有航班划过的痕迹，山上寒意渐浓。我拿起背包，找出一件厚毛衣，紧紧地套在身上。

让我想想家明的样子吧？我努力地想，努力地想，却好像很模糊，那是我努力用时间忘记的样子。如果此时一定要我说出喜欢宋家明的原因，那么，来自圣米歇尔旗下2009年的一杯梅洛会不会更加适合？这款梅洛口感浓郁丰富，在李子和莓果的味道之下，伴有黑巧克力和咖啡的底色，那种独特的质感，让人眩晕。你晕了，整个世界也跟着晕了起来。

　　来山顶的不眠之人，并不止我一个。很远地，我就看到了她，好像看到了另一个自己。她一个人站在角落里，车里隐约传来电台的老情歌。凯瑟琳指了指旁边的女生说，她也会有伤心故事吧。可是，我看着她忘记开场白要说些什么，我只记得她的笑容。当时的感觉，应该也如同喝了一杯梅洛一样温暖吧。在旅途里，你一直在遇见一些人，一些可以短暂拥抱的人，可以在某一刻交心的人，可以同病相怜的人，可以互相倾诉的人……可终究你会发现，你不太会遇见能够一起前行的人，也许因为我们都在路途中，最后还是要分道扬镳。

　　她向我聊起自己的时候，我有些被吓到了。她的名字叫蓝辰，难道她是我流落他乡的姐妹么？她是天秤座，上海人，来西雅图已经十年，在微软公司工作，离婚两年多了，生日竟然和我在同一天。

当见她的第一眼时，我便知道我们是同类，是来自孤独星球的人。好像那种掉在空气中的灰尘味道，淡淡的咖啡香和洗发水的味道，熟悉又亲切。我深信那个深夜的西雅图的夜空里弥漫着这特别的味道。

不知道是不是因为在异国他乡遇知己，蓝辰在与我道别时，邀请我去她家里做客。我低声婉拒，因为天亮后，我就要离开，我只是这个城市的过客，想要上山来看看风景，风景真的太过美丽。

总有一些人怀揣着难以启齿的过去，却不知已经在这漫长的旅途里迷失了自己，而另外一些人在不断地遇见新鲜的人。在每一段邂逅里都渴望重新开始，最后却丢掉了手中的指南针。

和这个陌生女子道别后，我昏沉沉地钻进了凯瑟琳的车里。电台里播放着我从没有听过的老爵士歌曲，我看着后视镜里慢慢消失的蓝辰和夜幕将止的西雅图，对着窗外的城市默默地说了一声："晚安，西雅图！"

二

谁能料到呢，西雅图的早晚温差如此之大，我低估了早晨零下的寒冷。小情侣已经与我告别了，我一个人，就这么等着东方泛白，就这么等着霞光闪现，就这么等着日头爬上山头又钻进云层，又钻出空隙，最终跳出来，光芒四射。

我僵直地站在凯瑞公园（Kerry Park），冻得没有知觉，手指不会弯曲，最后手机和太阳镜还拿不住，掉在了地上——才发现浑身都僵了，甚至不能弯腰——可是我浑然不觉。

我在想，下次站在这里将是什么时候，会和谁站在这里？我在想，为什么世上有这么多美好的东西，看也看不完，而我还有很多地方想一去再去。我在想，我看过了多少好的和坏的世界——如果不曾看到，我该是多么无趣啊，我的一生该多无聊啊——幸好没放弃，我来了，幸好我虽然害怕，但一直在走，幸好我还年轻且坚强。

看完日出，我转身，沿着环山路朝安妮皇后林荫大道走去，路旁的樱花树烟花正浓，洋房沐浴于晨光之中。在落地窗后面，有人正在宽敞现代的厨房里准备早餐。我站在对面山路的凉风中，觉得形单影只，我与浪迹天涯的蓝辰，都是这里的异乡人。可是住在对面大房子里的律师、医生、设计师，或亚马逊、微软、波音等大公司的老板们，又何尝不是异乡人？他们或随19世纪末的淘金热而来，或随21世纪初数千家软件公司或生物信息公司而来，他们在西雅图都有了全新的开始。

那我呢？我也要在西雅图开始一段新的旅程！我头疼地想起来，我回去还得重新找实习的地方，还有论文要做，7月我可能就要回国了，回去了还要找工作。这些都是很烦琐的现实里的事情，不过想起这些，也有别的作用：我觉得还有许多事忙着呢，感情上的烦恼真是奢侈。我负担不起。

我停下来，靠着树干坐下，头顶满树韶光，枝叶的罅隙里斜斜地透着记忆，落满一地思念。不知为什么，就想起帕慕克在《伊斯坦布尔：一座城市的回忆》中写道："美景之美，在于忧伤。"大概没有什么词句能比这更能描绘它的气质和宿命了，深入骨髓般贴切。而西雅图之于我，更是那段流年里和你一起经过的时光最熨帖的安放之地。

那是我第一次到西雅图吧？可是我怎么觉得自己一定不止一次在梦里来过这里，和我的男主人公在一起。

早餐时分，你请我在派克市场吃了最爱的马卡龙。我很早以前就有个梦想，好想开一家马卡龙的店。每天看着那些五彩缤纷，可爱又可口的马卡龙排列着出炉，满满的幸福感。

派克市场有好几层，好好逛一下还是需要一些时间的。除了海鲜、水果和鲜花，还有不少小玩意。总感觉美国人民一直有着不灭的英雄情结。随处可见那些漫画或电影里的世纪超人们。我在市场负一楼的一家小店里，选了一个卡通造型的蜘蛛侠，它圆圆的脑袋，小小的身子，蜘蛛般尖锐的眼中，透着一股神秘和正义。让它陪在小花狗吉吉身边，似乎也没有多少违和感。准确些说，宫崎骏和漫威、温情与燃烧，说不出偏爱哪个，各种情怀并存也并非不可能。

　　在我看过为数不多的水族馆里，西雅图的水族馆应该是最简朴的。没有赚钱的动物表演，或者像鲨鱼、鲸这类噱头多的动物。临海而建的海狮池子，简单拿绳子围着的海鸟区域，U形玻璃管里悠悠然的水母……与其说这是个水族馆，不如说是一个海洋生物的限定居住地。指不定是谁观赏谁呢。

　　午餐时分，我们选择了一家可以远望海岸线的码头餐厅。看到木雕，牵强地对号上了国民大叔吴秀波在《北京遇上西雅图》扮演的弗兰克。门口永远排着长队，看看这些慕名等待的游客，几乎都是亚洲人：看了《晚秋》的韩国人，看了《北京遇上西雅图》的中国人。

　　"点吧，你不是心心念念地想吃北美的螃蟹吗？"你把菜单递给我。

　　"螃蟹，要最大的那种。"我没有看上面的菜名，直接抬头给了服务生一个大大的笑脸。

　　"好的。没问题。"对方软软的台湾同胞口音，听着很舒服。

　　随后我开始给吉吉和蜘蛛侠隔空拼图，你继续点菜。远处蔚蓝的海，高远的天，还有那转啊转的摩天轮……让捧着手机的我，一时失了神。

　　螃蟹很美味，你很有耐心地给我剥着，剥好后放在我的盘子里。不知道为什么，我的眼睛突然蒙了一层雾气，什么叫"现世安稳"？其实和你在一起就好。

　　这个下午，我们在世界第五大图书馆，由11层玻璃和钢铁组成的、棱角分明的建筑里，静心看完一首叶芝的诗；我们在西雅图的玻璃艺术馆里坦承自己的心事，形状流畅，光彩透亮；我们在观光摩天轮上饱享良辰美景，摩天轮转8圈，每次都看到太阳落下去一点点。

"西雅图一直是晴天吗？"从摩天轮下来后，走在市中心（Downtown）的街上，我抬头望着天空。

"不会，经常阴天多雨。你没看见北美这边的人，都会穿这种防水带帽的外套或风衣出门吗？"

"原来如此。"

"去梅西百货（Macy's）逛逛吗？"Macy's（梅西百货）是美国一家连锁百货商店，走在西雅图市区的主干道上，一眼就能看到。类似上海的久光百货、太平洋或伊势丹。

"我想看看其他地方。"其实我更感兴趣的是一家家街边的小店，我留恋它们的橱窗，各自匠心独运，小巧玲珑，犹如童话般让人怦然心动。

于是，你陪着我漫步在西雅图各条大大小小的路上，直到华灯初上，日落海平面。

"啊，好可爱！"路过一家甜品店的橱窗前，我指着里面一排排的巧克力说道。

"这家加拿大也有，进去尝尝吧。"你帮我推开了甜品店的门。

主打的甜品应该是焦糖苹果（Caramel Apple），里面是一整个苹果，外面裹着浓浓的巧克力、榛子、椰丝或果仁。每一件可爱得都跟艺术品一样，让人不忍心下口。

我点了一个夏威夷焦糖苹果（Hawaiian Caramel Apple），店员帮忙切好了给我，椰蓉的甜蜜、巧克力的浓郁加上苹果本身的清新，每一口都甜进心里，让人丝丝回味。

"沾了一嘴。"你把纸巾递给我，笑着说。

"是吗？赶紧拍一张。"我拿起手机喇喇地自拍了两张，店员都笑了。

"还有什么心愿吗？"你掰着指头数着，"生蚝吃了，螃蟹吃了，马卡龙吃了，甜品吃了，水族馆和摩天轮也看了。"

"我的明信片还没寄呢，第一家星巴克的咖啡还没喝，杯子还没买。"我也开始掰着指头，"还有还有，我还许愿：要是有人送一束花给我才好呢。"

"那走吧，邮局应该在前面拐弯处。"你看了一下街道，说。

我趴在邮局的服务台上，一笔一画地把游历西雅图的心情写在明信片上，拿出奶奶和朋友的地址，告诉他们，我在地球另一端的天空下，思念着他们。

第一家星巴克咖啡店的客人，什么时候都是爆满。我也买了一个马克纪念杯，9.95美元一个，后来也还会经常拿出来使用。咖啡也很好喝，这是否就是星巴克最初最原始的味道？我想，有时候人们热爱一家店，一个品牌，更多也许是因为它有着一个可爱或美丽的故事，唇齿回味的，也是它那一段令人难忘的传说和历史。

喝完咖啡后，你在派克市场的花市里，选了好大一束主调为嫩黄色的鲜花，送给我的时候，天上出现了无数的星星。我像孩童一样，指给你看，蓝蓝的天空，闪闪的星星。

你说："你是如这画面一样美的女子，要是永远这般开心，该多好。"

如今，我还是舍不得离开，是心里有放不下的情结。一座让人留恋的城，这城里曾几何时，住着一个让人留恋的人。但被一场风雨冲刷后，重看眼前的风景，已是别样的回忆。我会一点点地珍藏。西雅图的一切，久久地存在我的记忆里。那里的人，永远都是带着明媚的笑；那里的天，永远都是晴天。

列车带不走的人

一

从西雅图到洛杉矶有一班火车，叫作"海岸星光"，由美国铁路公司（Amtrak）提供。这班车，每日上午9点45分，从西雅图的国王大街火车站出发，经过华盛顿州、俄勒冈州，经过漫长的35个半小时后，于次日晚9点到达加利福尼亚州洛杉矶市的联合火车站。

我是中途下车的乘客，抵达旧金山后，将转车回蒙特雷。

国王火车站于早晨6点开门，晚上11点关门。说来也奇怪，其实在西雅图也有一个联合火车站，恰与国王大街火车站并肩而立。两座车站的建筑风格相仿，伫立于西雅图唐人街不远处。只不过国王大街火车站一座高耸的钟楼上，有一个巨大的表盘向四面八方的人们展示着时间。

我到达得有点早，火车站很漂亮，大理石的柱子，白色浮雕的天花板和墙顶。候车区有很复古的木制长排座椅，让人不免产生怀旧的情绪。阳光从大厅两侧的落地长窗投射到一尘不染的深色大理石地面上，泛出宁静、和煦的光泽。

在候车时，一位气质优雅的老年女士主动与我攀谈，礼貌地请求我为他们拍照。她告诉我，她和丈夫住在芝加哥，两周前他们到西雅图看妹妹，现在准备乘火车去洛杉矶再转乘去圣地亚哥住一段时间。从寒冷的芝加哥到潮湿阴冷的西雅图，再到阳光明媚的圣地亚哥，他们一定是退休了，有时间和金钱。她听说我来自中国，高兴地说她的妹妹在上海工作了两年。

我问她："去过中国吗？"

她说："没有。"

我告诉她："上海是我的家乡，有很多美味的食物和亲爱的人们。当然，芝加哥也是一个美丽的城市，我有很多同学在那里留学，如果有机会我也一定要去芝加哥看看。"

她愉快地说："Warmly welcome（热烈欢迎）。"

我觉得在旅游中与别人交流，是学习和练习口语的最好场所。

　　开车前10分钟照例换票，带着绣有美国铁路公司（Amtrak）字样的大檐帽车站工作人员扫描了手机上的二维码后，便给我一张粉色小纸条，上面用记号笔潦草地书写着几个字母，大概是按照乘客到达的目的地安排车厢和座位吧。那对美国夫妇买的是卧铺车厢，在车的前半部分，从另一个门提前进入，卧铺票非常昂贵，超过飞机头等舱的票价，里面还有卫生间可以冲凉。

　　我买的是经济车厢，被安排在第12号车厢。我注意到，这节车厢的大多数乘客是到旧金山。

　　上车前，我特意询问乘务员，是否能给我安排靠近海岸线的位置。

这个似乎是拉丁美洲裔的帅小伙子说："当然可以。"便给我分配了第46号座位。

　　他在我的车票上又以同样潦草的笔迹，写下了这两个数字，交还给我，我就上车了。

　　"海岸星光"为双层列车，绝大多数旅客都想坐上层的座位，想必他们分配座位时也是采取先到先得（First come / First serve）的原则，所以友情地提醒一下，如果想要乘坐这班观光列车的各位，请稍微早一点去换票上车。

上车之后，我才发现，列车在楼梯处设有巨大的空间供旅客摆放大件行李。此外，所有洗手间都在一楼，像美国大多数厕所一样，提供厕纸、洗手液和擦手的纸巾。登上二楼，更是叫人喜出望外。本想着若是和国内一样的硬座，几十个小时也真够难熬，但未曾想到，最便宜的经济座位，"海岸星光"提供的椅子，竟宽敞得如同飞机头等舱的，脚踏板、收放自如的小桌板、膝下支撑板……一应俱全，座位还可以调整到让你伸展自如为止。更让人惊喜的是，每个座位都有一个120V的电源，头等座配有一盏精致的阅读灯。

　　当然，还有娱乐游戏车厢，《使命召唤》《荣誉勋章》之类，足可以让你消磨时光。餐车则更舒适一些，餐桌宽大得有点奢侈，铺着雪白的桌布，一个长班的黑人女服务员，忙着为旅客来回奔走。服务是一流的，让你觉得你的钱没有白花。

　　火车9：45准时出发，缓缓驶离西雅图车站，一路南行，朝着旧金山而去。当然，列车还特别提供观光席，椅子是正对着窗外的。我想，等到所有风景都看透，没准我会去观光车厢里，享受一下细水长流。

　　"海岸星光"号列车不愧是世界上最慢的高铁，其速度绝对不高于我国两位数字的绿皮火车。列车用了整整一个小时才到了西雅图的塔科马（Tacoma）地区，而开车只需要半小时。乘务员依次询问旅客，逐个要了车票，夹在他们头顶上的座位号码处，便回工作间休息了。

　　窗外，不知何时，开始下起淅淅沥沥的春雨。铁路两旁的村庄、原野、树木，都在雨中静默着。而杨树和柳树刚刚发出新芽，一派鹅黄清新。

　　过了一会儿，我发现西雅图的海岸线居然在我们的另一侧。我一想也对，我们是从北到南行驶，海岸线确实应当在列车右侧，而乘务员却给我分配了左侧的位子。

这让我有点儿不舒服，因为我是特意咨询过，便去找他说明情况。他给我道了歉，说自己之前一时没搞清列车运行的方向，承诺到了波特兰就给我换个座位，还恳请我不要告诉列车长。我说没问题，这个和我年纪差不多的小帅哥，居然伸出小拇指要跟我拉钩，我瞬间被萌化了。

乘车是一码事，旅行又是另一码事了。我向来不太喜欢乘飞机。它虽然快捷便利，但抹杀了"旅行"二字的内涵，用英语说叫作"takes travel out of traveling（旅行并非旅行）"。当然，乐于欣赏天上云雾的乘客，自然也能体会到旅行的乐趣。可是我更喜欢地上的景观，尤其是躺在这样舒适宽敞的座位里，就更应有耐心去细细观察沿途的景观才是。

刚出发的时候，吸引眼球的全是连绵的海岸线。正午的阳光照射在海面上，反射出亮晶晶的斑点，就像舞女缀有亮片的衣服。远处还偶尔有白色的海鸥飞过，以及轮船划过。后来，列车就离开了海岸线，进入山林里。

北边的树木高大而笔直，也许是红杉，也许是雪松，它们笔直地指向蓝天，很少随着清风摇曳。这些树木肩并着肩，手拉着手，覆盖着整片山地。

我曾经不止一次对你说："下辈子我要做一棵树，头顶蓝天，脚踩大地。悄无声息地站在林间，静悄悄地成长，静悄悄地消亡，沉默将是我唯一的语言。"在我看来，在这样静谧的山林间做一棵树是好的。就好像，我们可以一辈子不见面，你却可以一直在我身边。

涂脂抹粉的车，透着一种酸楚和无奈，像现实生活，然而生活还是要继续下去的。我像一个溺水的孩子，贪婪地凝望着路过的风景，不时地用手机拍下一张，然后慢慢欣赏。可是，除了一路风景让人应接不暇外，更应该感谢在这漫漫旅途中，有幸遇到的各种有趣的人和事，岔开了我不宁的思绪。

在某个小站，火车还没开动的时候，一位乘客和我说："我们列车旁边的月台上，正在拍电影。"

于是我俩饶有兴趣地趴在车窗上看了半天，可惜电影的名字被我忘记了。

第一次去餐车里啃三明治的时候，坐在我对面的是一位头发花白的老爷爷。他说他是波特兰一所大学的教授，之前刚去加利福尼亚州一所学校做了讲座："我现在最不缺的就是时间啦，所以我喜欢坐火车。慢悠悠的，多好。"

过道那边坐着的是一个特别爱聊天的美国小伙儿，他在波特兰一家博物馆工作，去加利福尼亚州参加朋友的婚礼。一路上不停地和我聊这聊那，一会儿给我秀他朋友婚礼上的照片，一会儿请我喝他带来的小饮料。说说中国，再聊聊美国，这算是名副其实的"跑火车"了吧。

但更引起我关注的是身旁的这两个乘客：一男一女，一前一后，俊男美女，他们很安静，安静得仿佛有一种力量。戴着耳机，对窗外的风景保持一定的距离，不时都在手中的笔记本里记录着什么。一路上他们没拍过一张照片，路过最震撼的美景也波澜不惊，不像其他游客那样激动异常。途中抽烟的站点，男的抽过两次烟，向其他旅客展示他很酷的蓝牙无线耳机。因为速度很慢，火车坐了很久，到达站点已是傍晚。女的带上帽子，拉上她的行李后，真的很像一个侠客，孤身一人消失在黑暗中。男的似乎还要转乘火车，在列车上他和乘务员闲聊，他已经在外面旅游了101夜了，他要去圣地亚哥。

二

当夜色从远方暗袭而来时，我给自己准备了三本小说、五部电影，打算用这段漫长的时光与你告别。我期待着能奢侈地待在人生的边缘，透过车窗去凝视别人的生活，反思我自己的人生，而这正是火车旅行的好处。当火车呼啸着往前开动的时候，别人能有空计划自己的将来，但是我做不到。我一路辗转，心绪似乎被扰乱了。

在和你分开的这一年里，我不是没有尝试过用另一个人来填补你离开后的空缺。我试着去接受别人的追求，我接受他们送的玫瑰花，我和他们一起去看风景，我被他们讲的笑话逗乐了。一切看上去都是那么顺利，可是，当他们伸出手牵我的时候，我突然哭了，很委屈地哭了，在人来人往的街头，蹲在地上哭了。

被宋家明牵过的手，就不想再让别人碰，好像别人一碰就会觉得自己很脏；被宋家明握过的手，无法再被别人握；宋家明拥抱过我，所以我无法再让别人靠近。那么，爱过宋家明的心，自然也很难再接受别人。所以，在后来，我渐渐明白，宋家明也许不是能陪我到最后的那个人，却是无法代替的人。

原来，旅行就像恋爱，从书上看来的，从别人口中听来的，都是浪漫与文艺，等到自己真的一步步走下去，才发现更多的是劳顿与烦琐。但是我仍觉得不虚此行，如果下一次有选择的机会，我仍旧会去做这些看似徒劳无功但又莫逆于心的探索。在西雅图一夜未眠，躺在列车的椅子上，迷糊了一晚，醒来时已是第二天的早晨7点。艳阳高照，令人精神一爽，我知道，火车已经离开华盛顿州了。我也在心里，默默地对你说："再见了，宋家明。"

一整夜滴水未沾，有点口渴了。我起身，到第一层的开水间，加了一杯热水，溜达了一圈。回来的时候，旁边已经坐了一个清瘦的美国大兵，携带着双肩包，留着络腮胡。我们礼貌地打了个招呼便各自戴上耳机，互不干扰。

快到中午的时候，餐车的订餐广播响起。他放下耳机，问我餐车的食物如何。我说："就是微波冰冻食品的味道，你懂的。"沉默了一会儿，我说打算去买个汉堡到观景车厢看看。

他起身让我，问观景车厢如何？

我说很美。

观景车厢的两侧和顶部270度都是玻璃窗户，通透性很好。有些人把随身所带的食物分给陌生人，也有人在阳光下读小说。

可爱又帅气的Conductor（列车员），用俏皮的口音和清晰的措辞介绍着窗外的每一处海景、每一处山庄，包括哪里可以看见鱼，哪里可以看见鸟，哪一座建筑的历史最早。

我和另一个列车员，如果你亲眼见到火车上的列车员并和他们交谈，就会明白每个人为什么那么崇拜仰慕喜欢列车员。你问的每一个问题，不管多么有趣多么愚蠢，他们都会耐心地回答。你伸手说"嗨"，他们就会握着你的手对你欣然微笑。

阳光和景色毫无保留地倾泻进来。

美国大兵和我一起啃着干硬的微波汉堡，说："这么好的天气，应该去吃一个Brunch（早午餐）。"

我不语。

火车行驶在俄勒冈州的土地上，就像置身在一个无边的绿色梦境中。初升的太阳照在大片的农场、山峦上，光影对比强烈。喷薄而出的朝日，充满力量和震撼。火车穿行其中，两侧都是粗线条勾勒出的针叶林或高山草原，扑面而来的是一种渺小感和发自心底的对大自然的赞叹和敬畏。沙斯塔雪山静默地站在咫尺之外，含笑向来往的列车致敬，高贵又温和。

在接下来的时间里，我们并肩坐着，面向沿途的风景，有一搭没一搭地聊了整整十个小时。从彼此的经历、列车的历史，到窗外的景色，最后就连沉默也变得自然起来。

他绿色的眼睛和小猫咪的很像，眼神温和而带着笑意，和窗外的绿荫一样，有一种宁静的美，好像你曾经那般温柔如水地注视着我一样。

车窗外，海浪绵延不绝。随着列车行驶的轨迹，远远就能看到前方蜿蜒的海岸线，还有空中阴晴变化而造成的海水颜色的变化，空中有几处厚重的云层与晴天相交接，海面上一侧深沉一侧湛蓝，很是神奇。一路上还会看到好多驾车到海边休闲的人们，穿着比基尼享受日光浴的姑娘们，冲火车遥遥招手的老大妈，孤独的海钓者，手拉手走过栈桥的情侣。海水时而宁静，时而撞向礁岩，澎湃着朵朵浪花。

天色逐渐暗了下来，窗外的景色变成了我们的倒影。火车是沿海行驶的，距离太平洋最近的就是这种状态。我在车上，海在脚下，而一号公路此时就在我们的左边。慢慢地接近日落时刻，在火车上看太阳在海平面落下，别有一番风味。

我想起了电影《爱在黄昏落日前》里的插曲：

Now we are together

（如今我们在一起）

Sitting outside in the sunshine

（坐在阳光下）

But soon we'll be apart

（但很快，我们不得不分开）

And soon it'll be night at noon

（午夜很快就会降临）

傍晚7点多，美国大兵到了他的目的地——萨林纳斯，这是一个非常非常小的站，下车的人很少，整个站台冷冷清清的。

他站起来，对我说："谢谢！你让时间变得很快。晚安！"

我："晚安！你走之后，我的时间会变得很慢。"

我们在观景车厢告别，不留联系方式。

走下车门的时候，他忽然回头，对我说："不管你之前经历了什么，在路上先把他们都忘记，享受眼前的美景，这才是旅行。"

我点头，说："好。"

就如歌里唱的：

现在一切安好

乌云在很遥远的地方

然而一切变化太快

谁知道接下来会发生什么呢？

不如让回忆之外的所有，都继续留在"海岸星光"号。

而我，把你的笑容放在离时间最近的地方，编织成一个绯色的梦，轻轻地穿行在一段旖旎的风光里。

Part 3：

那年夏天，
有风轻轻吹过太平洋

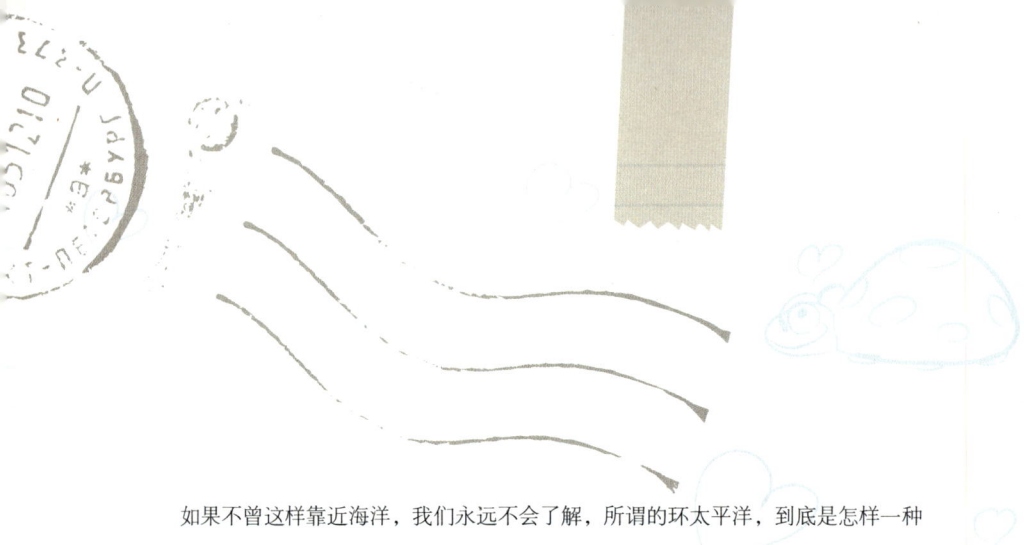

如果不曾这样靠近海洋，我们永远不会了解，所谓的环太平洋，到底是怎样一种蓝色：比如，是太阳照射下深深浅浅的青蓝色；是黄昏时分被落日染红的橘蓝色；又或是在午夜降临时，那令人心生敬畏的幽暗之蓝……

在游轮上的每一天，我们都会花很长时间趴在甲板上看海。海面一望无际，看似什么风景也没有。但是仔细看，会发现海本身，就是风景，也是造物主最慷慨的馈赠。

这巨轮的心跳

一

这是和你在一起，最快乐的七天，也是我们唯一的旅行。

那是一个芬芳的上午，路边的花丛甚是繁茂，在太阳的照耀下，金光般一闪一闪的。我们就带着这柔情蜜意，登上开往阿拉斯加的"皇家加勒比·海洋探险者"号游轮。

你说，对大海一直心向往之，觉得最美好的生活不过就是面朝大海。虽然已经看过不少海，在辽宁葫芦岛和天津塘沽看过渤海，在青岛看过黄海，在上海金山看过东海，在香港、澳门和海南三亚看过南海，在英国的利物浦和纽卡斯尔看过北大西洋，在意大利的威尼斯看过亚得里亚海湾，在西班牙的巴塞罗那和瓦伦西亚看过地中海……

即使如此，你对大海还是一往情深。因为你还没来得及和自己深爱的人，感受在太平洋上度过的日日夜夜、朝朝暮暮。所以，我们出发了。

出发地点是西雅图的游轮码头，行李的托运非常简单，只要将行李系好标签后交给工作人员即可，上船5分钟后，行李就被送到房间。房间和酒店并无二致，卫生间、梳妆台、衣柜、淋浴室、办公桌……麻雀虽小，五脏俱全，这是一座移动的华丽城堡。

上船后的第一件事就是救生演习，乘坐几千人的大型游轮，演习是必需的。谁也不知道身边的陌生人是否是第一次乘坐游轮，万一碰到意外，镇静有序的撤离将是至关重要的。房卡是打孔的，即使断电了也能顺利地打开房间。演习时，服务人员认真地检查每一个房间，确保房内人员已经撤离后，他们便在门把手上倒立悬挂一个标识，表示房内无人。若有人中途返回，门被移动过，标识便回到正常的位置，很容易被辨认出。

在逃生演习后，游轮慢慢驶离码头。船速并不快，每小时12～16海里，大致相当于每小时22～30公里。船行驶得非常稳当，即使有些风浪也感觉不出来。可能由于船太大，惊涛骇浪之间的力量相互抵消了吧。正如化学课上所学：在原子水平上，电子绕质子和中子高速旋转，但在物质层面上，物体是平静的，看不出物体内心的波澜。

我不由得想起了8年前，生平第一次陪奶奶出远门，从上海乘坐轮船去大连看望远方的亲戚。想想鼻子就辛酸，经济拮据的我们，买的是最差的"散席"，顾名思义，就是一条凉席，在一个没有窗户的大仓里，席地而卧。

那时的条件，总是非常艰苦的。时过境迁，估计那个船上最好的头等舱，也没有自己今天这游轮上的房间条件吧。

"海洋探险者"号，长311米，宽47米，排水量8万多吨。船上单是服务人员就有770人，最高容纳游客3114人。

游轮总共15层，4层以下是工作区，5～7层中间是个大厅，三层挑空，直通顶层的直梯，怎一个帅字了得！这就是"皇家大道"，金碧辉煌，免税店华丽地点缀在两侧，但我最留恋的是通往星光音乐厅的那片艺术长廊，很温馨，很日系。它是我的"小欢喜"。

在那里坐了一会儿，你要去首饰店，在卡蒂亚的门前，我拽住你："我好饿啊！我们去尽头的那间，红色咖啡馆，吃一个免费的比萨好不好。"

"转一圈就出来，行不行？"

"不。"

"求求你。"

"你小心真的变成家庭妇男。"

"我乐意。"

我被你半推半抱地拉进去。

服务生见到光鲜亮丽的你，很是热情；看看我，仿佛丑小鸭与白马王子同骑，稍显迟疑。好在游轮里的服务生，训练有素，不似商场名牌店里的人那般势利。

你仔细地挑选项链。

我坐在高脚椅上，仔细地看我的手指甲。我想，这是我早就准备的问题。

钱，人人离不了，却也是横亘在我们之间的距离。相处以来，我都小心翼翼，今天却突兀地出现。

"蓝星，我想要送你这个。你来看，喜不喜欢？"

"这个也不错，你面孔小小的，带这个细的最好。你来看看。"

我一动不动。

你终于看看我，笑眯眯地说："过来。"

"我饿了。"

"买一条项链，我们去吃大餐。"

"我现在，很饿。"我说，"我不想要项链。"

你走过来，把手搭在我的肩上，仿佛想要说些什么。

皇后大道的晚上，各种精彩轮番上演，哪怕没有活动的时候也会有乐队演奏，总是乐音如水的样子。周围是各种风情的酒吧、商店（免税店也是船上的特色之一）。古朴的建筑风格，让人恍然回到了100多年前。人们仿佛是在最古老的喀斯喀特（Cascade）酿酒厂喝一杯当地特色的葡萄酒，醉人的酒香勾起的是丝丝心动，或者欲语还休。

　　8～15层就是游客的房间了，有钱的可以选带阳台的房间，省钱的也可以选没有窗户的房间。如果想直接在船上看风景，比如这天的哈伯德冰川（Hubbard Glacier）或者后一天的冰川湾（Glacier Bay）等几个大冰川。船会在景点原地慢慢转一圈的，所以船的两侧和尾部的阳台房，都可以近距离看到冰川，当然，船头永远是最先观景的地方。所以，想要舒舒服服在"自家"阳台上看风景，那么，就得拿出十足的耐心等一等了，反正在游轮上的时间，都是用来虚掷的。

我们慢慢走过，从船头到船尾，发现每个区域都有一个浪漫的名字，如果你想拥有烛光晚餐般的浪漫，那么请去5楼的哥伦布餐厅；如果你想自由散漫，那么随时都可以踱步到11楼的帆船自助餐厅；而你想拥有尊贵私密的片刻，那么位于11层的波托菲诺意大利餐厅是绝佳选择，它还提供下午茶哦，那里的比萨饼超级美味。

游轮里的"小确幸"，更是不必多言，如货币兑换、水疗中心、网吧、露天及室内游泳池、健身中心、图书室、儿童俱乐部、医务室、酒吧、赌场，应有尽有，只有你想不到的，没有看不到的。

游轮上的服务更是细致入微。晚餐的餐桌牌上写有专属服务员的名字。大人出行办事，如果孩子没有人带，不用担心，可以送到儿童俱乐部看管。一天24小时之中，任何时间想吃饭、喝酒，都有餐厅为你开放着。

整艘船处处都有WI-FI覆盖，不过，每小时收费10美元。这样的价格，可以抑制人的贪欲。相反，自助餐由于不限量，就极大地催生人的贪婪：虽然你的胃里感觉已饱，但你的眼睛未饱。

没有WI-FI的日子，其实，可以留给我们更多的时间相处和思考。曾经看到某个咖啡馆就公开贴告示："We do not have WI-FI，please talk to each other。（我们没有WI-FI，请互相交谈。）"

有时候，这个世界很大很大，大到我们一辈子都没有机会遇见。有时候，这个世界又很小很小，小到一抬头就看见了你的笑脸。所以，在遇见时，请一定要感激；相爱时，请一定要珍惜。

就像刚才，你对我说："我想要你高兴。"

我看着你的脸，仿佛是我初见你时的样子，温柔的，隐隐地有悲哀的情绪。我心里就像被一个细细的却坚硬的鞭子抽了一下。我突然很想在这里表现柔情，就把手轻轻按着你搭在我肩部的手背上，说："只要跟你在一起，我就高兴。"

"我好饿啊，我们出去好不好？我若是想要一条项链，我就告诉你，要你给我买的。"我说。

"好。"你点点头。

我站起来。

我们离开卡地亚，去了那家免费的咖啡馆。我心里暗暗发誓，我再也不要跟你说一句重话。

我从来是个俗人，有着俗气的品位和快乐。

我喜欢吃海鲜比萨和夹满奶油芝士的蛋糕，若是一不小心流出奶油来，就自己把手指舔干净。

你吃奶昔的时候告诉我："你以后要是嫁人，婚宴上可别这样。"

"怎么？你嫌弃我啊？"

"对啊。"

我歪着鼻子笑了起来。

我们坐在人来人往的皇后大道，太平洋的风穿过长长的走廊，偶尔经过我们身旁，让人觉得浪漫慵懒。你伸手擦掉我嘴边的一小块奶油。

此刻的时光，让人流连。

二

如果不曾这样靠近海洋，我们永远也不会了解所谓的"环太平洋"到底是怎样一种蓝色？比如，是太阳照射下深深浅浅的青蓝色，是黄昏时分被落日染红的橘蓝色，或者是在午夜降临时，那令人心生敬畏的幽暗之蓝……

在游轮上的每一天，我们都会花很长时间趴在甲板上看海。

海面一望无际，看似什么风景也没有。

但是仔细地看，会发现大海本身就是风景，也是造物主最慷慨的馈赠。

游轮就像这片海上的芭蕾舞者，船尾在海面上划出的弧线，正是她令人心醉的舞步。

如果问我在这艘游轮上最惬意的事是什么？那我一定会说，带你泡澡带你飞！

我刚才说了那么多种海的颜色，但其实在日出时，海的颜色是最变幻多端，也是最漂亮的。在这艘游轮的第15层，有好几个超大超舒服的温水按摩浴池。

有时候，我们会起个大早，让咕噜咕噜的温水驱散绵绵睡意，让一场天然的"露天电影"——海上日出，唤醒你的眼睛……

相信我，这感觉才叫"千金不换"。

那天早上泡完澡，我们裹着毛巾正往房间走，偶遇了一对同样在看日出的老年夫妇。

他们各自拿着相机专注地拍着，仿佛都想把自己此刻眼中最美的景色，定格在时光里。

很快，老夫妇发现了我们在偷拍他们，我们不好意思地笑笑，他们倒也不介意，大方地回以笑脸。

这也是我们在这条海外航线上发现的"不可思议"之一——几乎每一个上船的人，都是发自内心的快乐和友好。

大家的笑容和热情，让整艘船变成了一座无忧岛，载着每一颗渴望休息的心，走向真正的度假天堂。

在这艘游轮上，我们体验到了前所未有的度假气氛，也怪不得外国人几乎都是以家庭为单位乘坐游轮，这俨然成了他们休闲度假的首选。所以一路上，上到七八十岁的老人，下到还在吸着奶嘴的婴儿，比比皆是。一前一后地走着，真好比穿过一条麦芽糖铺成的甜路，火腿五仁芝士蛋糕给围成的圆圈，孩子们的童真稚语，让人莫名感动。

特别是在皇家大道举行的梦工厂游行，每次经过时，都被围得水泄不通。我们混迹人群，远远看见打扮成各种造型的工作人员童心未泯，不时弯下身来跟孩子们拍手，那才叫其乐融融。而我旁边的小朋友，但凡错过了这种机会，都会着急地着跺脚，小脸儿涨得通红。

虽说大大小小的游行，我在大千世界里也看过很多次了，但想到此时此刻，和你一起，漫游在太平洋的怀抱里，这感觉还是多多少少有些不一样呐。

除了孩子外，我们这个岁数的小青年也能找到属于自己的快乐。

因为这里有多种体育项目可以体验：游泳、冲浪、攀岩、篮球、乒乓球、迷你高尔夫球、滑索等。而让你大呼过瘾的、更加惊险刺激的，是位于游轮15层的滑索。

这个滑索最好玩的地方，就是一抬头，仿佛伸手就能摸到蓝天白云；一低头，太阳把滑行者的影子打在旁边的建筑上，感觉似在云端飞翔啊！

灯火通明的皇宫剧院，我们总是在夜晚如约而至，恨不得把一生的快乐都挥霍干净。杂技、魔术、百老汇式歌舞、钢琴及喜剧，而你最喜欢的就是百老汇音乐剧。你说它绝对是世界上最治愈系的表演，每当谈起，神采飞扬。

你说，很多美好音乐剧的开场都堪称经典，比如你喜欢的《剧院魅影》《伊丽莎白》和最近的《摩门经》。

《剧院魅影》的开场非常惊艳，在拍卖场第666号展品水晶吊灯亮起的一瞬间，时空穿梭到几十年前繁华鼎盛的巴黎歌剧院，是剧中剧《汉尼拔》的开场，为全剧奠定了华丽的基调。

《伊丽莎白》的开场，更是堪称完美，你绘声绘色，当杀手鲁契尼说出"Elizabeth"（伊丽莎白）时，你浑身鸡皮疙瘩都起来了。一具具从坟墓中爬出的僵尸，都是和伊丽莎白同时代的人，他们对伊丽莎白的爱恨情仇，既令人迷惑又洞彻肺腑。

而《摩门经》的开场，其实是营造了一种氛围，浓墨重彩到连对这种宗教完全没有概念的、远隔重洋的我们，也马上能够进入剧中设定的场景里，所谓的有"代入感"。里面各位Elder（长老），白衬衣、黑领带，手捧《摩门经》，按门铃，这一形象贯穿全剧，后面多处与之呼应。他们脸上天真虔诚的表情，让人在很久之后，还是难以忘怀……

你兀自说着，我目不转睛地看着你：整个人，层层的华光，泛了银蓝色的异彩，故家子弟，高不可攀——我要仰着头才看得见，比任何时候更加倾慕。

在船上的日子里，很多时候吃完饭，我就会念念叨叨，想着去溜冰场看花样芭蕾。这一个晶莹透彻、流光溢彩的清凉世界，如梦似幻的冰上芭蕾舞，婀娜多姿的姑娘，英挺帅气的小伙，引领我们一一走过春夏秋冬。

春是翠绿，有盛开的鲜花；夏是五彩，有点缀的阳伞；秋是烫金，有深情的落叶；冬是纯白，有孤独的雪橇。旋转，跳跃，我闭上眼，尘嚣看不见；你的笑，好像在空中划过了一道道弧线。

一个小时，四季已轮回，光阴早已流转。

这里尽是你只在电影里见过的事，除了固定的演出安排外，游轮每晚还会细心准备惊喜。K歌、吉他表演和萨克斯，你总是说乏善可陈。我也不必多言，我要把时间全部留给一个足够掀翻整个太平洋的Disco（迪斯科）之夜。

Disco（迪斯科）之夜，性感女郎和肌肉型男，他们劲歌热舞，华丽亮相。绚烂灯光映照着盛满拉菲的高脚杯，觥筹交错间暧昧的色调，蛊惑着麻醉了的人心。一支烟的工夫，就足够点燃一地的火苗。然后，海浪席卷般，真正的高潮来临了：带着各色假发、穿着制服的男女Dancer（舞者）出现了，有的站在舞台上，有的站在人群中，带领大家一起扭起来。

在那个丹麦乐队著名的舞曲里，你跳得疯狂而漂亮，我的黑头发跟着音乐甩动。你在一个金发碧眼的外国人凑上来之前，适时地将我扣在你的怀里。恰在此时音乐变了，有那么一会儿，很舒缓很柔软，在华丽而混乱的灯光中，你说："蓝星，你迷蒙的一双眼像极了猫的眼。"

我有一刹那的恍惚，昏暗灯光，迷离眼神中的彷徨，犹如那飘忽不定的魅影般全无方寸。

人群开始骚动，领舞的舞者拿出一些闪闪发亮的戒指，她大声宣告：如果你跳得好，我就会扔给你一个。这感觉，就像全场观众在巨星演唱会上，激情四溢，嗨点一波接着一波。

我目睹了一个中国大妈，她也许是看着你长大的三姑，也可能是催着你相亲的六婆，但为了拿到这枚戒指，如神魔附体般努力地跳起了"迪斯科广场舞"。

她的勇气，一点点沁润了我的心，含蓄并没有错，但在爱情里错过就是最大的过错了。在拥挤的人潮中，我紧紧握住，放在我手心里的——你的真心。

它是个小人间呀小人间

一

经常，一杯咖啡，在甲板上吹吹风，就度过了一个上午。遇到的一些小片段，彼此分享，心生欢喜。我们见证了古稀老人背着无敌海景的交杯对饮；见证了新人在夕阳下的深情拥吻；见证了把父辈的轮椅一起带上船的感动……

游轮，改变的不仅是一种出行方式，而且是一种心情。

在8楼图书馆，找到一本《阿拉斯加画册》，你饶有兴致地观看，精美的图片让你赞叹不已。我看到坐在旁边卡座的一位花甲老人，神情落寞，便跟她攀谈起来。

她叫克瑞斯汀，今年已经89岁了，被人们称作"住在船上的太太"，因为从很多年前起，她已经在豪华游轮"伊丽莎白二世"号上住了4 000多个日夜。然而，"伊丽莎白二世"号总归要退役，克瑞斯汀重新找到了这个"永在海上漂浮的新家"。

我们被她的故事吸引，成为她最好的听众。我常常以为，记忆是最容易模糊的东西，在时间的流逝里，它会一团团地淡去。但在克瑞斯汀深沉而忧伤的叙述里，我没有看到生活一日日枯燥地翻转，它们并没有慢慢淡去。反而，刻骨的，就像美人的那么几个回眸，牢不可破地铭刻在记忆里。

　　克瑞斯汀是美国新泽西州人，那是很遥远的过去吧，她就已经和世界上最著名的豪华游轮之一"伊丽莎白二世"号结下不解之缘。她记得，那一年，她和丈夫一起乘坐这艘游轮，正在跨大西洋旅行。整个过程很开心，终生难忘。但遗憾的是，丈夫在船上因病去世，克瑞斯汀一直郁郁寡欢。

最终，克瑞斯汀卖掉了自己的所有家产，她有三座房子、四辆车和一些珠宝，那都是亲爱的丈夫留给她的遗产。不久，她登上了她丈夫去世的那个游轮，她想靠丈夫更近一点。从此以后，克瑞斯汀做得最多的事情，就是面朝大海，放飞自己对丈夫无尽的思念。她几乎把所有时间都放在了船上，因为她始终觉得，丈夫从来都没有离开。

克瑞斯汀停了半刻，你放下书，修长白皙的手覆盖在我冰凉的手背上。在别人的轨迹里看到自己也曾经那么认真，那么虔诚，可是无比悲凉的足迹，想到自己一路这么千山万水地跋涉过来，我就想哭。

不过，克瑞斯汀终究是乐观的。她为成为"永久居民"，代价也不低，每月都要花费大概4 000美元的费用。但克瑞斯汀认为很值，因为游轮上的生活远比陆地上更丰富有趣。

克瑞斯汀说："这是一个绝妙的生活场所，它在我眼中就像家一样舒服。我跟随这艘船遨游四海，我经常通过电子邮件和陆地上的朋友进行联系。我已经习惯了海上的生活，我并不怀念陆地，因为陆地对我来说意味着空荡荡的房子。"

　　或许，游轮上每天都穿梭着天南海北的游客和如影随形的机组人员，这让克瑞斯汀从来都不感到生活很寂寞。但我知道，她的心还停留在过去，某个深夜和丈夫紧紧相拥的那一刻。

　　她转身的时候，我看到的是一个老人的背影，我知道，时间在老去。

　　岁月的洪流，卷走了青春，卷走了年华，剩下的只是一个被岁月刻下深深印迹的伤痕累累的躯壳和一颗沧桑的心。

　　游轮就是一个小人间，有人孤单，就有人相爱。除了那些与我们相仿、颜好腿长的年轻人外，我们还遇见了很多耄耋之年的老爷爷、老奶奶，他们互相搀扶着，步履蹒跚，却不失优雅。

　　我们常常遇见一起穿着笔挺的正装看音乐剧演出的他们，也会在餐厅遇见一边看海，　边享用着丰盛晚宴的他们。

　　我们曾在冲浪区见到在白浪上如鱼得水的爷爷，也在旋转木马上见到过少女心爆棚的奶奶。

　　在这里，大家尊敬老人，却不会把他们当作老年弱势群体来对待。

　　他们像回到年轻时一样，玩啊闹啊，享受着属于自己的假期。老人是游轮上又一道亮丽的风景。游轮上的老人多是结伴而行，他们精神焕发，衣着整洁，一丝不苟。老人们热情参与游轮上的各种活动，比如桥牌、迷你高尔夫大赛、默契夫妻大选赛，与明星共舞和卡拉OK之类的比武大会。

一天，在5楼哥伦布餐厅用晚餐时，与我们邻座的是7位70岁左右的老人，四女三男，应该是三对老伴加上一位老妇。7个人在安静地说话，女人们温柔浅笑，男人们彬彬有礼。我猜他们是多年的老友，其中一位先生提前告别了人生舞台，这是人到老年无法逃避的伤感和失落。老朋友走了，友情和记忆仍在。

还有一次晚餐时，走进灯火辉煌的餐厅，每一张餐桌都萦绕着温情。刚坐下不久，在我们旁边的餐桌上安排了一个老头，背微驼，胡须花白，脸上挂满沧桑后的风平浪静。

侍者问老人："还需要等人吗？"

老人说："不用，就自己一人，可以点菜了。"

后来，游轮靠岸时，我又遇见这位老人独自出游。他是我在游轮上留意到的第二个形单影只的游客。不知他是否孤独，或许他正在享受独处，或许他也正在经历一个故事，一个人的故事。

我们倚栏，正欣赏楼下钢琴大厅的琴声和歌声。一位老先生为妻子点了一首猫王的情歌，听歌时两人双手相握，目光缠绵。唱完深情的猫王，喝了几口白开水润喉，西装革履头发泛白的钢琴师对那位听歌的妇人说："你让我想起费雯丽。"这边小球刚发出，那边就反弹了回来，几个短小精悍地来回，妇人恃宠不惊不喜，丈夫一言不发，宽厚地笑对。

定睛望去，那女人生得真美，前额留着齐眉刘海，花白短发，华美长裙。虽然上了年纪，依然明眸皓齿，风情荡漾在举手投足间。可以想象她年轻时一定常常出没于赞美恭维的"枪林弹雨"之中，才练就出如今刀枪不入的淡定从容。

皇后大道日日都有音乐和歌声。当老人们听到自己喜欢和熟悉的曲子时，会很自然地手拉手站起来，找一块空地相拥而舞，温情脉脉于有些笨拙的进退之间。有一对夫妻，丈夫坐在轮椅上，妻子坐在丈夫的旁边，握着丈夫的手，两人一边享受音乐一边用目光深情地抚摸对方。那份天长地久，柔软得让我心颤。爱情的发生有若干种可能，爱情的成熟却只有一种途径——需要漫长时间。红颜随着时光的流逝而褪色，爱情却因时光的堆积而丰美。

傍晚的游轮影棚就像法国文艺片里的惊艳片断。我喜欢驻足观看打扮得漂漂亮亮的老年夫妇在摄影师的指导下，大大方方地摆出各种甜蜜温馨的姿势，任由摄影师定格他们生命中难忘的瞬间。岁月流金，笑靥在皱纹里层层生动地荡开。孩童透明纯真，青春灿烂张扬，中年丰硕沉静，老年坦然自若、返璞归真。生命充满秩序和美好。

罗素在《论老之将至》里，对生命过程有一段非常精辟的哲理阐述："每一个人的生活都应该像河水一样——开始是细小的，被限制在狭窄的两岸之间，然后热烈地冲过巨石、滑下瀑布。渐渐地，河道变宽了，河岸扩展了，河水流得更平衡了。最后，河水流入海洋，不再有明显的间断和停顿，而后便无痛苦地摆脱了自身的存在。"

在白发老人的心灵花园里，盛开着富饶的记忆之花，芳香沁人。他们完成了自己的使命，在人生最宽阔最平稳的那段河道里，面带微笑，以最舒适泰然的姿态，从容静观两岸风光，倾耳聆听河水的歌唱。

二

早饭时间，游轮上的帆船自助餐厅里通常有点拥挤。我们只好和另外一对年迈的夫妇合用一张圆桌。他们兴致勃勃地告诉我，刚才就在这个窗口位置，他们见到了一条大鲸在海面上露出了尾巴。

这时，一个年轻的棕发女子，一袭花香，从我们的面前妖娆而过。老先生突然住了口，眼睛跟着女子婀娜的倩影，走了很远一圈之后，才重新回到餐桌上。

我看到你低着头，笑而不语。十分钟之后，另一个看上去有亚裔血统的女子经过，于是老先生的思路和眼光再次离题。如此反复，同样的插曲在不到一小时之内重复若干次。而当一位如月光一样迷人的金发美女飘然而去时，老先生终于坐不住了，在没有留下任何解释之前，推开椅子，冲着金发女子，一路直直地追了上去。

我们面面相觑。

我没有挑拨离间的意思，但我对老太太脸上的不动声色非常好奇。

"你看见刚刚发生了什么？"我问老太太。

打扮精致得体，把银白色头发梳理得一丝不苟的老太太，脸上浮现出一个很温和的笑容。

"孩子（她管我叫孩子），你知道我们今年已经结婚多久了吗？整整52年了。你以为我还有什么没见过，你知道维持婚姻最重要的秘诀是什么吗？"

在那么资深的专家面前，我坦诚我不知道，但耳朵已经竖得比兔子还长。

"要想婚姻和睦，妻子必须有一双瞎的眼睛，而丈夫必须有一对聋的耳朵。"

你偷偷地冲我做着怪脸，我回敬你一个鬼脸。

"可是……"我回头看看，没发现老先生有任何回来的迹象。

洞悉一切的老太太看懂了我的疑虑，她问我："你见没见过狗喜欢跟在汽车后面跑？"

我点了点头。

"那就对了。第一，狗从来就没有追得上汽车的可能；第二，狗无论跑多远，它迟早都会回家。"

此后，我们的谈话便转到了今天早晨沙拉的新鲜程度上，显然这是一个比不见了的丈夫更需要关注的问题。

两天之后，船上举办的一场活动，让我对美国人的夫妻关系又有了另一个层面的理解，这个节目叫作"婚姻秀"。游戏规则很简单，参赛的夫妇被请到台上后，女士们会先被带到后台的休息室里，而台上的男士们要回答司仪的十个问题。问答结束之后，女士们会被带回台上，需要回答同样的问题。答案本身没有对错，但凡每对情侣之间，答案相同的可以得到一分。其实，这考的就是夫妻间的默契，以及对对方的了解和关注程度。

当问到有谁愿意上台参赛的时候，我身边的爷爷奶奶们群情踊跃，纷纷举手。最后司仪选了三对分别结婚了4天、10年、50年的夫妻。我们姑且分别用"新婚""锡婚""金婚"来称呼他们吧，他们在人们的尖叫声中上场。

司仪开始提问。

"一、你和你的另一半第一次见面，发生在何时（要求精准到年月）何地？"

"二、你的另一半今天穿的是什么？"

或许是措手不及，那三对美国夫妇的回答大相径庭，有点出洋相。老婆明明穿的是白衣蓝裤，却被老公回答成黑色长裙。台下的哄笑如夏日里的雷声，此起彼伏。

我思忖，如果是宋家明和蓝星，我们是否能得到这一分呢？无论有多久远，我怎么会不记得你宋家明的样子呢？穿着炭黑色的西装，同色系的衬衫和领带，白皙瘦削的一张脸孔，一丝不苟的装束，你可真英俊。

接下来，司仪的问题开始变得越来越有杀伤力。其实，早在节目开始的时候，司仪就事先提出过警告，鼓励夫妻间先拥抱一下，因为很可能在节目后的一段时间之内，他们都没这么好的兴致了。

"三、你配偶最惹你讨厌的习惯是什么？"

"四、和你的丈母娘相处时，遇到最大的挑战是什么？"

"五、你丈夫的前任女友是谁？并用几个词来形容她。"

新婚男回答："她年轻，可爱，易相处。"

新婚女还算留情面，只用了一个形容词——典型的金发女郎。

因为美国人对金发女郎的偏见通常是"无脑"，所以这一对的答案一出，台下到处洋溢着会心的微笑。

"八、填空题：你不知什么是丑陋，直到你见到了我太太的＿＿＿。"

这个空白，让我也颇费脑筋，可你俯在我耳边说："前夫——这个答案，会不会比较讨好？"

我细心一想，确实有一番巧妙之处，更是对你刮目相看。

再看看台上的三对美国夫妇，金婚先生开始耍宝，一连几个问题留空，并解释说他能在婚姻里存活至今的关键在于装疯卖傻。而新婚的那对，也在几个问题上作弊，说是因为时日尚浅，对方的缺点、丑陋处，还有待发现。

我和宋家明，相视而笑。

再下来的问题，可能有儿童不宜的嫌疑。比如：

"七、睡房里，你最常听到（他或她）说什么？"

"八、你会如何形容你们共度的昨夜？

"A.如国庆节的烟火，缤纷四射。

"B.如圣诞节前夜一样温馨可人。

"C.如将士阵亡纪念日一样死气沉沉。"

一般人通常A、B、C里选一个答案就行了，偏偏金婚先生加了一个他自己的选项："D.如劳动节一样辛苦劳作。"

这下观众全发疯了。我看到你的嘴角上扬，你微笑的样子真好看。

这样的答案出自一个至少八十高龄的老翁，实在太帮人提气了。坐在我旁边的一个老爷爷，笑得满脸通红，快接不上气了，还抽空朝我眨一眨眼睛，生怕我因为语言的障碍而错失了其中的美妙。

司仪继续出题。我们也饶有兴致。

"九、如果太太想'那个'的时候，通常她会用何种方法对你做出暗示？"

在台下观众的口哨和欢呼声中，台上的女士们夹紧了腿，身体开始略微左右扭捏摇摆。即使不招供，男士们已经在10分钟内当着大家的面，公布了其中的玄机。碍于不能说话的规则，妻子们开始频频地回望站在自己身后的丈夫，绯红娇羞的脸如同未成年的少女。

锡婚男的供词是："她会让我去买星巴克的咖啡。"

锡婚女的答案却完全对不上号："我会让他去床头的柜里拿东西。"

司仪出来圆场："估计你们家的咖啡都是储藏在床头的柜里。"

不过，最让人感到震撼的是结束时提出的一个问题。

"十、你们之间，让你最难忘的浪漫时刻，发生在何时何地？"

新婚男："两年前的夏天，在游泳池里。"

新婚女："2016年8月的泳池。"

老道的司仪见新婚女越来越低的头，多问了一句："是在公众泳池，还是私人泳池？"

新婚女补充："是公众泳池。不过当时天黑了，泳池已经关了。"

大家都心照不宣地笑了。

锡婚男："上周六的早晨，游轮上。"

锡婚女："三天前，窗帘后。"

司仪礼貌地问："发生在我们游轮上的故事，大家一定很感兴趣。能不能再略微透露一点当时的情形？"

锡婚女抬起头，努力把挡住脸的短发挽到耳朵后头，说："我早上起床，看见船正经过一片雪山。我对他说，山很雄伟，结果就发生了。"

金婚男："1955年，红色雪弗莱敞篷跑车。"

金婚女："1957年，电梯里。"

台下的观众听说在电梯里也能有故事，尖叫的音量绝对不低于一台战斗机起飞时的轰鸣。

司仪紧追不舍："请再具体一点，是哪里的电梯？"

金婚白发老太太相对比较镇定，说："是酒店里的电梯。我按了Stop（停）的按钮键，所以电梯是停住的。"

观众彻底沸腾了。从比赛厅里出来的时候，感觉每个人都年轻了几十岁。原来听说过心理年龄比生理年龄重要得多，现在我是真的信了。

按照美国人的说法，"只要还活着，我们就该把生活里每一滴甘露给挤出来"。

夜已深，我们走入皇冠壶（The Crown Kettle）酒吧。这里的摇滚之夜已经结束，乐队演奏起舒缓的圆舞曲。你带着我缓缓地滑入舞池，乐声摇曳，你的手臂依然那么温暖，舞步依旧如少年般轻盈。

人们在我们身边旋转。

船外的海面上，偶尔有几只海豚跳跃出水面，追逐着这艘巨轮的尾波。

月光如水银一般倾泻下来，洒满了整个海面。

你在天空游荡，我在地面流浪

一

游轮如巨鲸吐着浪花，一直在向前游，不分日夜，不论阴晴。

船上的一些人，也如此这般，马不停蹄，忙碌奔波。

当你在看日出，感叹大自然的精妙时，他们在工作；当你坐在优雅的餐厅，享受精美的食物时，他们在工作；当你来到演播厅，观看异彩纷呈的节目时，他们在工作；当你在健身房，看着美景挥汗如雨的时候，他们在工作；当你悠闲自在地漫步，自由选购商品的时候，他们在工作；当你沉沉进入梦乡，做着各式美梦时，他们依然在工作。

他们是服务生，是钢琴师，是导购小姐，或者是调酒师。你在很多个不经意间，会与他们相遇，面对他们得体的微笑，你也会礼貌性地回一个热情的"哈罗"。轮船那么大，你走到哪里，总能遇见，却从未记住。

你喜欢在5楼的哥伦布用餐，因为那里的菜品十分吻合你的口味。所以，渐渐地，与那个点餐的中国服务生熟稔起来。她叫思彤，她到现在还记得，第一次拉着行李箱，像过街的老鼠一样小心翼翼登船的情形。她的房间号是1711，但天生方向感淡漠的她，还是找了半天。在船上第一周可以命名为"寻路记"，每当要去培训，要去食堂，要找房间，要赶去上班，都只好厚着脸皮硬生生地拦住过道路人甲乙丙丁，用生硬拗口的英语问路，虽然每次都能得到满意的答复，甚至多次还被路人直接带到目的地。多问几次，自己都觉得很烦，只好命令自己强记。当然，鲸的肚子再大也撑不过天，一周便记住所有常去的地方。当一个月之后，思彤便会暗自嘀咕：这船好小，寝室到任何一个地方都不超过7分钟，还要慢吞吞地走。

思彤告诉我，1711在船的负二层，得下两个楼梯。负一层和负二层都是细长的通道，两边的房间号一个挨一个，通道则像渔网一样分布开来。她好不容易找到1711，打开，4平方米左右的房间便呈现眼前，什么跟什么嘛，简直就是叮当猫的抽屉屋。房间所有的摆设，一眼便尽收眼底：一张上下铺，一台电视机，一个冰箱，一架衣柜，一把椅子。房间逼仄，金属天花板被漆成白色。没有窗户，没有阳台，没有沙发，把房门一关，仿佛自己被压扁了一样。天花板上有排气孔，便是思彤日夜呼吸的肺叶。忘了，还有一个洗手间，同样小得惊人。一想到在接下来的日子里，每天要睡在这么小的抽屉屋中，只要是个人都会觉得有点儿郁闷。

当然以后的日子还长得很，他们还要在屋里煮火锅、烤肉、喝酒、聊天、做梦、发呆等。我永远记得思彤的脸上，有着开朗的笑容。我也能想象，在那拥挤的小屋里，每每挤满了人，像东京的沙丁鱼电车，却还各得其乐。我觉得，思彤就是在陆地上的自己，便彼此交换了联系方式。在将来的某一天里，回忆起这个女孩的画面时，突然想起齐秦和齐豫合唱过的一首歌。歌词只有四个短句，反复吟唱。

你在天空游荡，我在地面流浪，其实都是一样，其实都是一样。

吃完饭，我们慢慢爬楼梯，从5楼一直到12楼。有时候去拿杯冰激凌，在一个不起眼的角落，无限量供应三种口味的冰激凌：草莓、巧克力、混合口味。我想，这里肯定是孩子的天堂。谁的童年时光里，没有幻想过有一个吃不完的冰激凌世界呢！

负责这个区域的是菲律宾人马克，没事喜欢在白纸上画房子，是那种两层带花园的别墅。我没事就捡来看。他画的都是大房子，有很宽阔的院子，门也很高，还喜欢画一条很宽的走道。他是个大肚子，总是笑呵呵的，这很适合他的画风。他告诉我，他这次回去要盖个大房子，自己请人盖。他说，他有地，地是属于他的，他想怎么盖就怎么盖。他还说，他家的房屋现在太小了，不够住，所以要盖一个很大的房子。我就问："这得花多少钱啊？"他眯了一下眼睛笑嘻嘻地说："好像很多，但没关系。"

他告诉我们，他在船上工作20年了，也肯定会做到不能再做了。但是他，有好几栋房子，好几辆车子，请了好多佣人，有三个老婆，好多小孩。我听着，挣大了眼睛：这简直就是一个皇帝啊！

　　他在船上除了上班就是吃饭和睡觉，唯一的娱乐就是喝酒。20年来，全世界的港口他都去过了，哪里有厕所他都清楚。所以他也懒得出去。他也就把所挣的钱全部寄回家，然后盖房子，等着休假时回去过皇帝一样的生活。大多数的船员也都是这样。他们的世界有两个家，陆地上的和船上的，所以他们会把自己船上巴掌大的小室布置得干净整洁而且温馨，有些连卡拉OK都有。而中国人就不是了，不管做得好久，也始终不会认为那是个家，总之，那只是一个临时的住处罢了。

　　吃完冰激凌，经过一个"高尔夫音乐"，其实就是一个模仿高尔夫运动的机械音乐盒：高尔夫球被打落，就重新开始。每次经过时，都会看到有两个中国小孩在那里驻足观望，周而复始。有时好奇，你也会趴在地上，用心研究，却总被我拉去隔壁的健身房。在船上，胡吃海喝，哪个爱美的人不在健身房里挥汗如雨呢！

　　健身教练是个很文艺的马来西亚人，叫鲁尼。他说，最近很久都没做梦了，每晚倒下去不多久，如果能沉沉睡去，他就觉得这是一种幸福。在船上的日子里，睡觉便不是这样子，他常常眼睛瞪着床板，使劲瞪，使劲瞪，即使把黑夜瞪穿他也睡不着。除了一天工作14小时那种鸡血般的日子外，他每月总有几天会失眠。久而久之，他便习惯：它已经变成自己身体的一部分。

契诃夫有好几篇小说专门费了不少口舌来描写失眠，文笔类似精神病科报告。鲁尼的失眠没有那么夸张，只是单纯地睡不着而已。于是，为了打发时间，当他一个人的时候，他便看书——《海贼王》。昨夜碰巧，十分奇妙，他说梦到了和海贼王里一段情节十分相似的梦境，浪漫、令人回味无穷。还是在这座游轮上，只是游轮经过一个悬崖，一条巨大的瀑布，下面是深邃的峡谷。船什么也没做，便跳下悬崖，像神雕一样踏着瀑布，义无反顾地跳进深海里。那一刻，鲁尼感觉在飞。不同的是，《海贼王》中，船是直溯而上；而在鲁尼的梦里，海水居然是从下往上流，地心引力的方向反了。

鲁尼说，他睡的寝室可以听见海水拍打船舷的声音，特别是在夜深人静的时候。有时声音平稳，富于节奏；有时则波涛汹涌，连整个船和床都在摇动。他就像睡在云里，从来没有安稳过。他特别羡慕那种到了哪里都可以倒头便睡的人。

二

从剧院看完演出，还不到晚上10点，我们会去酒吧点上一杯鸡尾酒消磨时光。在酒吧里，陌生的人们，三三两两地坐着，彼此倾诉着，歌手富有感染力的歌声，缓缓地在空气里弥漫。我们认识一个菲律宾服务生，他长得黝黑，额头的右边有豌豆那么大一颗痣，极像混黑社会的，但是他说话温柔和蔼。这是一家在赌场和剧院之间，没有墙壁、开放式、装潢考究、座椅舒服、吧台宽敞的航海者风格的钢琴酒吧。不忙的时候，我们会聊天。我们和他聊了很多话题，关于挣钱，关于未来，关于恋爱。

但是有关家庭方面的，他说得最多，包括他的妻子，他的几个小孩，还有他的房子。我发觉菲律宾人都喜欢聊这些，因为生活就只有这些，简单而纯粹。他聊他的家，聊得特别多。他似乎也很羡慕我们的恋爱状态，我也不置可否。不知当时觉得，还是后来想起，我感觉他的眼神总是挂着一点儿忧伤。他很有亲近感，也很有力量。他就像从海明威小说里走出来似的，我叫他"海明威"。

后来我们下船，回到上海，分手之后，又出国。我在网上遇到了思彤，她也认识"海明威"先生。突然某天，思彤跟我讲，"海明威"自杀了。我真的难以想象。脑海飞快地转到他的面容，和他温柔的说话声。思彤说他的妻子和别人跑了，带走了他所有的钱。他真的是个好人，他回去后变得一无所有。然后，忧伤的力量就驱使他上吊自杀了。

钢琴手是罗马尼亚人，虽然很多人都夸她很有风情，不过，我怎么看都觉得她脸上的皱纹像湖里的涟漪。她对我们说，在家里有两个孩子，没记错的话，都是男孩；老公在国内酒店做经理。丈夫出来晃荡挣钱，寄钱回家的我见得多了，但女人孤零零出海挣钱养家的，确实少见，所以我总是忽略她的那一层涟漪，把她当作杜拉斯所写的那个情人。

　　酒吧还有一个服务生，是一个印度尼西亚小伙子，叫格拉。他风趣的谈吐让我们印象深刻。他说，他刚开始上船的时候总是愁眉苦脸的，愁着怎么能回家，苦于无法找人倾诉。同事说他的脸跟拖拉机轧过似的，拉得比马路还长。船老大看他也不爽，总是无缘无故地训他。格拉每天上班都是忧心忡忡的，他也是搞不懂自己为什么那么命运不济，好像十几年的仇恨都一股脑儿地纠结在一起，但是他又找不出报仇的对象。在那两个月中，他就是"灭绝师太"，笑脸总是与他无缘。如果可以，他都想把自己抓出来打一顿。

　　但是不知为什么？他突然就开始笑了，而且笑得稀里哗啦。客人来了，他笑；和同事打招呼、说话，他笑；老大训他，训他的不是，他还是笑，微笑、憨笑、傻笑，各种笑。反正，在船上，请尽量放开，大胆去笑就对了。

　　当他经常笑得很傻很天真的时候，他认识了一个印度女孩。她是保安部的，每次下船出去玩的时候，都会在安检部遇见她。格拉其实对谁都笑，可能对她笑得更多，因为格拉也觉得她很可爱。"可爱"这个词，格拉很少用来形容一个女孩儿，因为他觉得可爱往往意味着傻和幼稚。不过，格拉的笑功好像遇见了对手，女孩笑得比格拉还傻还天真，真像夏天的冰粉一样清凉沁心。于是多遇见几次，便开始搭话，无非就是"你来自哪里？来船上多久了？喜欢不喜欢啊？生活好不好呀？"之类的。在船上，和谁刚认识时，都问这些。格拉也没有当一回事。

后来有几次去健身房，她也在，穿着耐克运动鞋在那里跑步。因为两台跑步机只有一台能用，格拉也就先做点器材。她看到了他，对他一笑，格拉也回她一笑。后来的事就不用说了，很平淡。

接着，格拉和她就熟稔起来，开始谈更多的话题，并逐渐喜欢对方，再加上印度朋友的推波助澜，于是就交往了一阵子，直到她下船不再来了。格拉又开始了单身生活，他对每一个人都微笑。

喝完酒，我们在甲板上，看海水在暗夜中汹涌起伏。转角处，遇到一个老水手。他喝一口酒，终于打开话匣子，好似开启了一段漫长的航行。

"游轮不同于陆地，飘来飘去地，所以船每分每秒都在摇晃。不过由于船身巨大，龙骨稳定，大部分时间里都只是轻微地摇晃，就像微风吹拂。我在牙买加的时候，买了个椰子做的乌龟，十美元，浑身红斑，脑袋可以自由转动。我把它放电视机上面，于是它的脑袋便没日没夜地摇个不停，十分可怜，万一患上颈椎炎，我可是罪魁祸首。这样不停地摇头晃脑，换作任何一只乌龟都受不了。下船回家后我把乌龟放在电脑桌上，它的脑袋便静止不摇了，任你怎么呼叫，它岿然不动。

　　"离开陆地，海便是船的床。大海一般都是和和气气的，但有时也会和你吵架，甚至冷战。吵架便会发展成台风，我就遇到过几次。刚开始上船时走路总走不成直线，船摇得厉害的时候，甚至连S线也休想走成。一会儿晃到这儿，一会儿摇到那儿，虽身不由己，但也十分有趣。路上相遇某人，船一激灵，两条线上的人说不定便会撞在一起。台风来临前，船长早已观测到情况，于是调整航线，尽力绕过台风范围。但是台风凶猛，如出闸的洪水，哪怕只是擦身而过，也会吹得你东倒西歪。有一次从三亚开往香港，路过正肆虐东南沿海的台风，整个船像被狗咬了一样狂躁不已。那天我上晚班，正好在游泳池。整个泳池空空荡荡，所有人都逃到室内，唯独我一人待在那里。

　　"夜幕降临，狂风大作。我背靠吧台，抱住双臂，像观看世界末日一样静待眼前发生的一切。空寂的泳池，狂风肆虐，像狼群一样撕咬着暗黑的天空。一瞬间，天空便飘起雨点，随即暴雨倾盆，噼里啪啦打在船的顶棚上。一股股暴雨像拼命似的杀进这一片天地混沌大战中。雷声响起，闪电划破黑暗，风雨厮杀的场面愈演愈烈，清晰地在我眼前回放。我感觉口渴，打开一瓶啤酒，和着一把花生米，迅速倒进肚里。看表还有20分钟才下班，无事可做，我便回到吧台。风雨刮来刮去，完全没有消停的迹象，船也在颠沛里顽强地前进，似乎只想冲出这个重围。整个世界仿佛只剩下这条船了。

　　"这时不知从哪里钻出一只麻雀，拳头大小。鸟儿孱弱的脑袋埋在湿淋淋的羽毛里，身体还在颤抖。我找了个小纸盒，双手捧着它放了进去，用纸巾给鸟儿全身擦了一遍。小鸟全身缩作一团，静静地躺在纸盒里，任我摆布，只有微弱的呼吸随着胸脯一起一伏。它一定使尽了全身的力气才冲出这暴风雨的袭击。就算是人，现在站在游轮的顶层也会被吹到海里去。下班时我把纸盒带到寝室，去食堂带了米饭回来喂它。

"第二天，当船驶出台风范围，风平浪静的时候，鸟儿也死了。"

故事结束了，夜也深了，水手早已告别，我们却仿佛还沉浸在他讲述的故事中，惊魂未定。游泳池边的躺椅上，可以看到满天的星星在墨水似的夜空里聆听海水退去发出哗啦啦的潮声，阵阵海风吹上脸庞，即使不冷，你也忍不住会打一个寒战。如果有月亮，你抿着酒，仔细观察，你会看到游轮蓝色的尾巴拨开黑色的海水，白色的浪花像跳跳糖一样跳来跳去，一阵海风便吹得你心旷神怡。你要知道，浪花都是海的精灵，永远保护着海上的所有生命。

140

即使冰山和游轮，也能爱得天荒地老

一

这天晚上，迷迷糊糊做了个梦。

她是在南极生活了千年的一座冰山，日子过得慵懒而悠闲。早晨，太阳升起的时候，冰山穿起她洁白耀眼的裙装，在海水中收拾好自己俏丽挺拔的影姿。凛冽的寒风吹过，她会沿着南极岸边悠悠地散步，看看肥胖笨拙的企鹅围着她嬉戏，日子总是过得波澜不惊。

他是一艘见识多广的海上游轮，见过世间太多的悲欢离合，心早已冰冷而坚硬。

冰山无可救药地爱上游轮，爱上他巍峨的身躯和高昂嘹亮的声音。可游轮不曾因冰山的眷恋而停留片刻，从冰山的身边走过，只留下海面上淡淡的波纹，飘进冰山绝望哀怨的眼神里。

冰山不顾千年伙伴的挽留和叹息，追随游轮而去。只为能看见自己心爱的游轮——她知道错过了，就是永远。

　　游轮驶出南极，阳光变得温暖，冰山的移动开始变得吃力，不停地流汗。游轮继续奔向他的目的，不曾留意身后的冰山。

　　已经看不见南极了，阳光变得刺眼，冰山感觉刺骨地疼痛，她感觉自己的身躯在逐渐消失。

　　冰山没有后悔过，她爱游轮，那么深地爱着。她跟游轮的距离越来越小了，身上的疼痛却越来越剧烈。冰山希望自己消失前能亲吻心爱的游轮，她不顾一切地奔向游轮。

　　十米！五米！一米！

　　很快了，可以亲吻心爱的游轮了。冰山不知道自己已经快消失了，用尽千年储蓄的力量拥向游轮，终于她吻到游轮了。冰山看见游轮正回头看着自己，她笑了。

　　这一刻，游轮感觉有什么东西在亲吻自己。他回过头来，只看到了一堆泡沫。

　　一个凄美的爱情故事，醒来之后更是让我唏嘘不已。不知是这一梦成谶，还是命中注定，我与宋家明，在这次旅行结束后，终敌不过生活的桎梏，渐行渐远。

早晨4点22分，我从梦中惊醒，再也无法入睡，想着去看看海上日出，但走出阳台后，看到海面一片雾蒙蒙，游轮就像漂在汪洋中的一叶孤舟。回房打开荧屏，只见航海图显示游轮已穿出冰峡，正向西面的外海太平洋驶去。

6点30分，再次起床时，天已亮了。阳台外依旧是蒙蒙细雨，白沉沉的一片，什么也看不见——不禁落寞，看海上日出的想法又落空了。

7点58分，海岸线终于透出一片白色的云层，船头远处，也依稀可见连绵的雪山。我们欣喜地发现，游轮绕过一个小岛后，竟有一道彩虹跨过海面，仿佛串联起海面上浮出的礁石。我们俯在栏杆上，海水呜咽。你说维他斯·白令曾在附近海域投下了一个装满俄国金币的瓶子，但是至今没有人觅得这些金币。我莞尔，不知道，这些金币如今散落在何处，是否等待某个人的捡拾？

"海洋探险者"号继续航行至冰河湾，游轮在这里初次遇到了冰川。1778年，英国航海家詹姆斯·库克曾到过这里，并且花数月的时间绘制了阿拉斯加海岸的主要地形。当时的冰河湾尚不能称为"湾"，更像一扇上了锁的门，挡住了继续前行的路，库克只能就此返航。

天渐渐地亮了，海面上的浮冰如水晶一般折射着初升的朝阳。上层甲板的游客们裹着厚厚的羽绒服，用手机记录下这稍纵即逝的美丽。浮冰捕捉住了日间最早的一丝亮光，冰冷的蓝色海面也变得通红，如同燃烧的木炭。如果不能探求广阔天地中的万物，那么旅行的意义何在呢？海浪温柔地摇曳着游轮，它们的涟漪可能一直能够延伸到太平洋的浅礁，触及库克船长命运终结的小岛。在旅行中，我们好像漫游仙境的爱丽丝，感觉自己在广袤的天地中变得渺小了。

上午9点，我们的"海洋探险者"号终于驶进了亚库塔湾。

　　海湾两侧，放眼望去，都是连绵的雪山。一直不露脸的太阳竟然也帮衬似的透过了云层，不再吝啬它那让人多少有些刺眼的光芒——雪山、冰川，在阳光下显得格外壮观、绮丽。你戴上了扮酷的太阳眼镜，有热情的外国女郎跟你打招呼，你英俊得就像电影里走出来的男主角。

　　10点10分，我们登上12层甲板，尽管寒气逼人，冷风扑面，但是甲板上仍挤满了游客。大家都聚集在船头远眺——正前方的哈伯冰川，竞相感染"第一眼"带来的那种兴奋。

　　随着游轮朝冰川方向不断前行，蓝色海面上的浮冰也越来越多，越来越大，有的就像浮在海面上的一座冰岛、一座冰山。有意思的是在一块巨大的浮冰上，我们还看见趴着一只褐色的海豹。这家伙躺在那里懒懒的享受日光浴，把驶近的游轮也似乎不当一回事；而在一座小冰山上，我们发现有两只白头鹰，它们含情脉脉，临水相望，可惜游轮的靠近，惊飞了一只。

　　而那只"无所谓"的海豹呢？眼睁睁看着船头就要撞到浮冰时，这家伙才不紧不慢地滑下冰块钻下海去。这本是属于它们的世界，是我们打扰了。

　　11点左右，游轮终于驶近了哈伯冰川。横空出世的它，就像一道巨大的白色冰坝，带着王者风范，诉说着阿拉斯加的伟岸。

谁都无法想象，冰川下的海沟到底有多深；谁的眼睛，在此刻都觉得不够用。好在，紧贴冰川的游轮为了让游客能够更全方位地观赏美景，竟360度地旋转着——不论你站在游轮的哪一面，都能清晰地看见眼前这座君临天下的巨大冰川，它似乎伸手可触，又仿佛遥不可及。

　　在那种震撼而奇妙的感觉面前，人类的语言捉襟见肘。唯一能表达心境的，或许就是人们手里的相机了。从广角到300度，你不停地换着镜头，长焦短距。在兴奋中，仿佛只是想将那瞬间的感觉和记忆永久保留下来。

　　这时，耳边传来一阵紧似一阵、雷电般的轰鸣。抬头望去，原来是冰川崩塌、解体发出来的声响。冰川每次坠落都会溅起巨大的浪花，掀起一阵阵海潮，如同生命结束前的最后呐喊——想想真让人惋惜，说不上悲天悯人，但这冰川不断地轰鸣、崩塌，还真让人感慨万千：你这么高冷，你这样超凡脱俗，遗世而独立，这么美艳不可方物，到底还是抵不过一个"暖"字，终究因为温暖而香消玉殒，永沉海底。

　　冰山如美人，绰约多姿，变幻无穷。有人沉没，有人照样美丽。放眼之处，是那一片深深浅浅明明暗暗的蓝。有的透明，有的幽暗，诉说着万年的心事。海平面一层薄薄的晨雾还没有散去，万仞冰面如同灵境，它与那远方的雪峰，遥遥相望，每日都演出着怎样的故事呢？

我站在你身旁，不禁浮想联翩。

这千年的冰川啊，经历了若干的"亘古"和"永远"啊！时间在它前面驻足就显得毫无意义。它是否见证了人类社会的沧桑变动，它是否会对人类的冒犯和急于求成嗤之以鼻……我尊敬它的宽广胸襟，我喜欢它的静默深沉。来世我愿意化作一颗水珠，匍匐在它的脚下。

游轮驶近冰川，熄灭了引擎，漂浮在海面上。这会儿，瞑目，静静细心倾听，你能听见冰川的呼吸，能感觉它的气息，能捕捉到天空、雪山的窃窃私语。

坐在甲板上享受着暖暖的阳光，仔细体会着与冰川共呼吸的感受，时间似乎也凝结。船长特地放了一辆救护艇下海，捕捞了一块儿冰川上漂下来的小浮冰。很多人排着队，争前抢后，想和它一起摄影留念。我上前一摸，吃惊不小，它和普通的冰可不一样，它紧实坚固，不可小觑，千年风霜打造成铜墙铁壁，在一望无际的太平洋，终年飘荡。

二

天色还未完全暗下的港湾，一道彩虹横跨天际。据说遇见彩虹的人，会遇见幸福。这是一天之中，第二次看到了。晨昏之际，闪现雨过天晴后的美丽。扶着栏杆，遥望悠远而宁静的海平面，和落日暗空里偶遇的美。让我不由得想起我国台湾电影《海角七号》中的那几封日文情书。

　　海はどうして、希望と絶望の両端にあるんだ。
　　（大海，为什么总是站在希望和绝望的两端。）

　　僕は知っている、思慕という低俗の言葉が、太阳の下の影のように、追えば逃げ、逃げれば追われ、一生。
　　（我知道，思念这般低俗的字眼，就如太阳下的影子般，我追它逃，我逃它追，如此一辈子。）

　　虹の両端が海を超え、僕と君を、結びつけてくれますように。
　　（我只愿，这彩虹能跨越大海，连接你和我。）

　　……

我轻叹了一声，在转身的瞬间，看到你正隔窗对着我微笑。我读不出你眼里的情绪或深意。我知道你明白一切，只是不说出口。我在你面前没有办法掩饰什么，幸好，你也从来不会责怪，包括我来阿拉斯加的初衷。

"对不起。出去得太久了。"我回到餐厅座位。

这是一家西餐厅，需排队排座，因此拼桌是常有的。入座后会有服务生上前出示菜单，大部分说英文，偶尔也有说中文的。当然，点菜的交流是没问题的，操着一口流利闽南话的老阿婆都可以把身体语言（Body Language）运用得炉火纯青的。通常菜单最上面的一排是主食，还有饮品、酒水是付费的，其他可以任选。刚开始，我们都来这家，对她们的海鲜饭，印象尤为深刻；而他们独家出品的面包、冰激凌、甜点，我们更是情有独钟，不过中间这几天嫌麻烦，曾转战11楼的自助餐厅，不过，最后一餐，我们还是回归这里，因为每次一见到这里的刀叉杯盘，明晃锃亮，用餐的那份情绪不自觉地就被调动起来了。

特别是今天，简直是华丽的煽情。来自17个国家、每天为我们准备上万份美食的100多位厨师团队，集体亮相，不仅唱起了《我的太阳》，还高挂各国的国旗，这分明就是个不眠之夜，倍感留恋！晚餐通常会在两个时间段进行，分别开始于6点和8点。

这是最后一天的船长晚宴，这里灯火通明，男士都穿着考究的燕尾服，女人都穿着拖地长裙。我画了淡淡的妆，穿了一件粉红色的真丝裙，行走其间，很多人注目。

"好看吗？我都很少见到这样的海上美景。"宋家明吩咐服务生上主菜。

"那你是沾我的光了。"我丝毫没有谦让的意思。

"蓝星，你太犟了。"吃到一半，你突然冒出一句话。

"是啊，怎么办呢？"我笑笑。

"你觉得你'作'（zuō）吗？"你挑衅地看着我。

我想了想，诚实地点点头。

"哎，算了，'作'就'作'吧。你开心就行。"你拍了拍我的肩。

今晚的主菜，你点的是烧烤美国黑鲑鱼，我想着是与你的最后一餐，感伤时，胃口大开，吃得精光。你在对面看着，也不言语，只是偷偷地笑。

其实，在船上，每天的晚宴菜单有两份，其中一份固定不变，日日雷同；另一份则每天更新。真是更多选择，更多欢乐，我们吃的每一顿都是新鲜的，愉悦的。你更是专拣没吃过的品尝——昨晚点的是安格斯牛肋骨扒，今天便选了美国黑鲑鱼。

最后全餐厅挥舞餐巾，灯光熄灭，放冷烟花，真是有种离别的伤感。

晚饭过后，暮色从远方暗袭而来。在甲板上，极目之处的海岸线连接着起伏的山峦，在一抹晚霞中显得淡淡的，十分漂亮，犹如天边的海市蜃楼。海风较大，海面也掀起阵阵波涛，也感到游轮有些摇晃。

"太冷了。我们进去吧。"你为我披上风衣。

"好。"我点了点头。

"明天我们就要下船了。我看你好像很累的样子。"你有些无奈地摇了摇头。

你拉着我回到船舱。

　　堂皇富丽的大厅里，吊着蓝色精巧的大宫灯。灯上微微颤动的流苏，配合着发着闪光的地板和低低垂下的天鹅绒的蓝色帷幔。一到这里，就给人一种迷离恍惚的感觉。

　　当爵士乐悠扬舒缓地响起来时，一群珠光宝气的艳装妇人，在暗淡温柔的光线中，开始被一群绅士们搂着胳膊，酣歌妙舞，香风弥漫。

　　又是一个纸醉金迷的晚上。

　　只是，今夜，我们小心翼翼地穿过，生怕惊吓了一段尘封的时光。穿过光怪陆离的赌场，路过暧昧恍惚的酒吧，定定地站在皇家剧院门前。往日，这里人声鼎沸，欢歌曼舞；今夜，却门厅冷落。

　　黑漆漆的舞台上，孤零零地挂着一张幕布。

　　有老片子复映，如《卡萨布兰卡》（Casablanka），男人最终送走心爱的女子。看黑白电影的感觉，像在品茗。你要不赶时间，要有心情。如同在欣赏一幅古画，它带你进入另一个异想世界，而你沉醉其间。电影的最后一幕让人感动，美丽的英格丽·褒曼泪眼婆娑，对即将永别的亨弗里·鲍嘉说："请吻我。"

电影里，女人是绕指柔，男人如百炼钢。轮到我的身上，就恰恰相反，真是让人不平。

晚上我翻开手机里的相片，良辰美景奈何天，为谁辛苦为谁甜。

我们遇见飞翔的鱼，潜水的鸟，黑色的花，白色的草，结果的种子，彩色的河流，歌唱的影。一起狂欢的游轮舞会里，即使是黑，也是浓烈光亮的玄墨色。

你曾问过我，在我心中，你是种怎样的存在？后来我想，你应该就是那道彩虹吧。

许多年之后，我想起这段在阿拉斯加游轮上度过的时光。你曾约我数次才得以成行，我却在你深情的目光中裹足不前，我们之间，终于无力抗拒时间的洪荒之力，擦肩而过。在生活面前，我来不及成为勇敢决绝的姑娘，于是站在你面前的时候，不禁自觉卑微低下，无以为安。想来时间和运气都很公平，每一次不努力，都是将来的遗憾。

Part 4：

念念不忘，是那片
阿拉斯加风光

如果不曾这样靠近海洋，我们永远不会了解，所谓的环太平洋，到底是怎样一种蓝色：比如，是太阳照射下深深浅浅的青蓝色；是黄昏时分被落日染红的橘蓝色；又或是在午夜降临时，那令人心生敬畏的幽暗之蓝……

在游轮上的每一天，我们都会花很长时间趴在甲板上看海。海面一望无际，看似什么风景也没有。但是仔细看，会发现海本身，就是风景，也是造物主最慷慨的馈赠。

朱诺的那段往事

一

早晨，阳光铺陈开来。

我们的游轮缓缓驶进朱诺的海港码头，这是在海上航行三天后，第一次靠岸。你极目远眺，赫然发现跟在我们游轮后面进港的还有另一艘"水晶交响（Crystal Symphony）"号，是否可称为"水晶交响乐"？我们一笑而过，端着酒杯，走出阳台，原来还有一艘游轮早已"先入为主"，霸道地停靠在码头上，船尾得意扬扬地飘着一面蓝白红相间的法国三色旗。

可以想象，三艘大型豪华游轮一字排在小小的码头前，本身就成了一条风景线，而游客哗啦啦拥进这座原本宁静的小城，瞬间就带来了一片欢腾。

我们十分珍惜这早晨的时光，站在船舷的阳台上俯瞰。朱诺是一座泊在宁静港湾的美丽小城，雪山相依，高耸入云，仿佛守候在佳人身旁的谦谦君子。两边的雪山，一个叫朱诺山，一个叫罗伯茨山，彼此虎视眈眈，却又惺惺相惜。

　　山顶雨雾朦胧，山下却一片郁郁葱葱。游轮下的海面，低低地飞着成群的海鸥，有的会偶尔高飞起掠过阳台，有的迎着风浪向你呼叫，如果你能听懂它的语言，它是否在说："欢迎，欢迎远道而来的客人。"或者是，"请给我一点吃的吧。"因为，我们随意抛撒一点面包，这些家伙准能在空中接住。我想，它们或许是经过长途的跋涉，早已饥肠辘辘。

　　这时，一架小型的水上飞机也盘旋着徐徐降落，给蔚蓝色的海面画上圈圈波澜——引人遐思，这大概就是朱诺展现给我们的第一印象，虽然谈不上一见钟情，但也有可人之处。

　　我曾经无数次想象，阿拉斯加的首府必定如冰山雪地般神秘寂静，却没想到她竟远离阿拉斯加大陆，而且居然如此草木葱茏——她悄然坐落在一条名叫"加斯蒂诺"的海峡边，就像害羞的少女，不为世人所知。开始，朱诺只是一个小渔村，后来只因被人发现了金矿，她摇身一变，成了花枝招展的贵妇，吸引着各路淘金者贪婪的目光。

故事已经很久远，大概是100多年前的某一天吧。两个探矿员乔·朱诺和理查德·哈里斯，为了寻找金矿来到这里。他们找到渔村的部落酋长可威，以高额悬赏请他带路寻找金矿。

就像当时大多数印第安人酋长一样，可威也是经不起诱惑的，他带着朱诺和哈里斯来到加斯蒂诺海峡，然后沿着山上流下的一条小溪溯源而上，最终在小溪尽头一个被称为"银弓盆地"的地方发现了金砂——小溪因此被称为"黄金溪"，这座山也从此得名"朱诺山"。

在这个世界上，仿佛就没有你不知道的事。你博览群书，纵观古今，你总是这样出其不意地给我惊喜。我听着你娓娓道来：1880年10月18日，是一个值得这座小城居民铭记的日子，这两个发现金砂的探矿员在这里划出了一块0.6平方公里的地盘，作为自己的采矿营地，而这块地盘也就是这座小城最初的雏形。

关于它的名字呢？还有一段小插曲。你可知道，你笑着说话的样子，真的可以让冰山融化。小城最初被命名为"哈里斯堡"，得名于另一个探矿员理查德·哈里斯。但是，第二年发生了改变，当淘金的矿工们聚会要正式决定"建城"时，却采用了另一个探矿者乔·朱诺的名字。我打趣，肯定是朱诺这家伙给了这些淘金客更多的好处，看来，金钱的作用是无孔不入的，关键时刻总是能改变很多让人意料不到的结局，包括历史，也包括爱情。

总之，从那一刻开始，朱诺这个名字就沿用至今，而这座小城也成为美国与俄罗斯的交易之后，远远镶嵌在美国领土边缘的一颗小珍珠。

游轮终于停靠码头，我们依次登岸。不用费心寻找，你就可以发现穿梭直上罗伯茨山的缆车，约600米高，刚及半山腰处，便是当年淘金鼎盛时最重要的朱诺金矿遗址。山顶建有一座森林博物馆，还陈列着各种原住民的工艺品，并可俯瞰整个朱诺山与道格拉斯岛围成的朱诺谷地。

　　不过，我们没有乘缆车上山，却在码头的长椅上坐下来晒太阳，喝着从货摊买来的橙汁。我们两个人呆呆地看天看海，或者说打量周围的男男女女。虽说已经10月，可是热得就像夏天卷土重来似的。人们戴着太阳镜，揩额头上的汗，吃冰激凌。有在长椅上偎在一起的情侣，有脱去衬衣赤裸上身仰卧着享受日光浴的小伙子，也有放开狗独自在树荫里静静休息的老人。两个少女坐在花丛旁边聊了很久很久。她们到底在聊什么呢？

　　喝完果汁，我们开始逛街——码头对面就是朱诺最具招牌性质的富兰克林街，它沿着海港码头，和滨海街一起，圈成了朱诺最热闹的步行街，两旁挤满了各种观光工艺品商店。

　　谁能想到，从不光顾街头小铺的你，也被马路对面的一家阿拉斯加衬衫公司（Alaska Shirt Company）吸引了眼球——售价9.99美元一件的长袖T恤衫、售价4.99美元一件的短袖T恤衫，外加一件售价19.99美元的牛仔布长袖衬衣。你一口气买了三件，倒不是贪便宜，仅仅是想珍藏那印有"Alaska（阿拉斯加）"的Logo（标志），正如珍藏这段美好的时光。

朱诺市区建立在朱诺山脚下，市区内坡道起伏。狭窄的马路上，最抢眼的是一种专门搭载游客的叮当车，只要花上21美元就可以在小城转上一整天，并可随意停靠在任何一个旅游景点。不过，我们选择步行，一路慢慢走，发现一家商店门口立着一尊北极熊的标本，而另一家门口是一只巨大的卡通白头鹰。朱诺淘金时期最知名的酒吧"红狗沙龙"，就坐落在富兰克林街和滨海街的转角处。

被油漆成鲜红色的两层酒吧，远看就像一座六角形尖顶的谷仓，上下两层，檐上插着美国的星条旗和阿拉斯加蓝色的州旗。中间一圈白底红字的红狗沙龙（Red Dog Saloon）标志，上方画着一只略带卡通味的红色小哈巴狗——它傻傻地待在这里，已经超过了一百年。

走进酒吧，右手边是一条长长的吧台，亮着昏暗的霓虹灯，四周还陈设着一些昔日淘金时期的工具和老式家具，地上故意撒着木屑、砂石及毛皮碎片，以营造当年那股脏兮兮的氛围——当年的红狗沙龙，无疑是来朱诺的淘金客们群聚的社交场所，淘金发了财的，在这里销金散财，花天酒地，风流快活；淘不着金的，也会聚到这里喝上两杯闷酒，或是挖一点哪里发现金矿的小道消息，彼此交换一下情报，或是找康康舞女郎打情骂俏发泄一下——如今为了招徕游客，酒吧依旧刻意地保存着当年的那股味道和感觉。

当然，最著名的招牌还是那印着红狗Logo（标志）的黑麦朱诺啤酒了，一杯3美元，可惜我们进去后居然找不到座位——谁也没想到，太阳才刚刚升起，酒吧里就挤满了游客。据说，沙龙每天还有淘金故事的脱口秀与风琴演奏，回味的就是那一百年前的淘金时代。

二

离开红狗沙龙，我们按图索骥，沿着滨海街一路寻去。你兴致勃勃，说是要去寻找首府这座对阿拉斯加最有权威的脚注——州立博物馆。没走多久，映入眼帘的就是被称为"百年厅"的会展中心，占地面积颇大，门口立着一根高高的印第安图腾柱。我们去的时候，或许因为没有会展活动吧，冷冷清清的，看不到一个游客。

继续前行，看到的是朱诺文化和艺术中心，门口是一座鲸雕塑——不过不是通常所见的黑白相间的虎鲸，而是太平洋中体形最大的巨无霸——座头鲸。这里的一切，都可以免费参观，最抢眼的是墙上挂着的一幅幅印第安原住民的大幅图腾画，或熊或狗，似狼或鹰，充满了丰富、夸张的想象力。

从朱诺文化和艺术中心再绕过一个街口，就是始建于1900年的阿拉斯加州博物馆了，不过这次不免费，要5美元的门票。

走进博物馆，迎面又是一幅巨大的阿拉斯加原住民的图腾画，色彩斑斓，造型奇特、古怪而充满魅力。博物馆内分上下两层，下层是原住民的历史文化展，陈列着不少图腾柱、面具、木雕首饰及插着鹰翎的衣冠服饰。另外，还有独木舟、狩猎的刀具、工具和生活用品等，琳琅满目，让人大开眼界。

原来阿拉斯加的原住民除了因纽特人外，还有阿留申人、阿萨巴斯卡人、特领吉人和海达人等印第安人。有意思的是，原来"爱斯基摩"一词最初竟是出自印第安人对他们的称谓，那意思是"吃生肉的人"，你撇撇嘴，似乎多少带有一些贬义。你说，爱斯基摩人并不喜欢这一称谓，他们将自己称为"因纽特人"——在爱斯基摩语中，那可是"真正的人"的意思。

哦，亲爱的，不论因纽特人还是印第安人，在浩瀚的图片展中，给我印象最深的还是来自东方的黄种人——个子不高、黄皮肤、黑头发。有意思的是，在展厅，我们竟然还看见一双小脚女人鞋，你左瞅瞅，右瞧瞧，怎么看都像从旧中国女子那段又长又臭的裹脚布时代而来。我们面面相觑，惊讶得不能自已，这因纽特人或印第安人，难道就是若干年前横渡白令海峡进入阿拉斯加乃至北美人陆的中国人，或者其他国家的黄种人？

你用力摇头，不置可否，我紧随你的身后，拾级而上。楼上是阿拉斯加自然和历史博物馆，除了生活在阿拉斯加这块广袤冰原上的北极熊、北极狐、棕熊、麋鹿、大角羊和白头鹰等动物标本外，还展示了阿拉斯加从俄罗斯时期到美国时期，从采矿淘金到航海等历史故事。

我们走马观花，偶有亮点，也会驻足停留。那是一张中国人的黑白照片——哦，这自然不再是对因纽特人或印第安人的探讨，而是一位实实在在的中国移民。

我们站在照片简介前细细研读。原来，他叫"China Joe"（中国乔），1881年在朱诺开了第一家面包店——1880年才在朱诺发现金矿，也就是说，这位中华同胞在第二年便来到朱诺。想象一下吧，他一听说朱诺发现了金矿，便漂洋过海，随着淘金潮到了这里。只是他并没有下井去淘金，而是做起了面包生意，开了朱诺第一家面包店，并在这里生活了36年直到去世——可惜的是，除了这张照片，博物馆没有更多关于他的资料了。他是广东人呢，还是福建人？他当年的面包店还在不在呢？据说他去世后就葬在朱诺，碑文也如外国人一样用英文撰写，那么如今还在吗，在哪里呢？他的后人，可曾来看过他？但不管怎样，这位"中国乔"显然是有历史记载的、最早的阿拉斯加中国移民了。

离开州立博物馆，旅游图上显示联邦大厦还有一个原住民文化展，于是继续追寻而去——瞧，朱诺最高的九层玻璃大楼，就是联邦大厦了。

　　大厦可谓戒备森严，除了要查验护照外还要通过X光机的安检，就像美国机场一样，就连鞋、皮带都要脱下来过X光机。即使如此，设在底层大厅里的原住民文化展却小得可怜，十多平方米的几个展柜，简直太糊弄人——内容与州立博物馆大同小异，你孩子气地抱怨说："早知如此，就不过安检这么折腾了，真是小题大做。"

　　离开联邦大厦，便一路打听朱诺的"小白宫"——州长官邸。它建在朱诺山的半山腰，第8街和卡尔霍恩街的交汇口，想不到是小街小巷，竟然挤在一大片居民区中。不过，州长官邸依山面海，前、后有花园，长着一排雪松和几株高大的古树，自然风光无限。

　　远远望去，官邸层层叠叠，面海的一侧竖立着六根白色的罗马柱。我们从第8街走来，渐行渐近，官邸正在维修，一侧用巨大的篷布遮着，几个工人正在从车上装卸着脚手架。门口不见警卫，也不见保安，我们径直走到门口，正在维修的工人友善地打着招呼，看见我们要拍照片，还有意停下手里的工作，专门为我们腾出位置。

门前的花圃立着一块铭牌，上方镶嵌着阿拉斯加的州徽——三座雪山前是一个印第安图腾柱和一面州旗，上圈镌刻着"ALASIKA CENTENNIAL（阿拉斯加百年纪念）"，下圈则是"1867—1967"。

在白色的门廊下，镶嵌着窗花玻璃的大门，拉着飘逸的镂花窗帘。透过窗帘，隐隐约约可见里面宽敞的客厅铺着地毯，亮着吊灯，显得美轮美奂，只是不见一个人影——有人说，庭前的旗杆上州旗升起时表示州长在家，而此时不见有州旗，莫非这州长不在家？

你停留了片刻，对我说，你突然想起阿拉斯加那位曾经的美女州长佩林，她和自己的因纽特人老公，加上5个孩子，就曾住在这里。而最大的儿子就是从这座官邸应征入伍开往伊拉克的。只是后来她的搭档麦凯恩参加与奥巴马的总统竞选后，便离开了这座官邸。现在，恐怕早已物是人非了吧。

官邸的大门上镶嵌着一块铜牌，上面写着"州长官邸，私人住宅"，意思再明显不过，不希望被游人打扰，但是要旅游参观呢？门上还留着联系电话：465-3500。

不过，我们谁都没有拨打这个号码，这么具有历史意义的地方，还是给它留下片刻安宁吧。心有灵犀般，我们默默沿着官邸前的卡尔霍恩街一路下山，回到热闹的小镇，并在千回百转之后，寻觅到一个隐蔽的餐馆，吃到了口碑极好的阿拉斯加皇帝蟹。

我们往回走的时候，就看到了富兰克林街上那座据说象征小镇历史意义的大钟——市中心时钟（Downtown Clock）。它就立在街头，可惜停了，总是指着12点的位置。

我记得，在时钟对面的小邮局，如精品小店一样的邮局里，你学着我曾经的样子，一下寄了6张明信片。

可是等我收到的时候，已经是我们分别后的第6天。印着古老邮戳的阿拉斯加明信片，跨过千山万水，来到我手中。我翻开，赫然是你潇洒的字迹。

如果，阿拉斯加是上帝给我的一份遗嘱，那么，你是我唯一的遗物。

坐着小飞机，穿过史凯威

一

到达史凯威（Skagway）的前夜，你说要给我一个惊喜。

你说，在地上看美景，只是过眼云烟，而在空中俯瞰，那种震撼会铭记终生。你曾经乘坐专门的小飞机，看过尼泊尔的喜马拉雅山脉，看过澳大利亚的大堡礁，看过巴西的伊瓜苏瀑布，看过秘鲁的纳斯卡大地画，在天上把美景尽揽入胸怀的感觉，真的无与伦比。

原来，你早已预定了小飞机，要带我去看冰川。我们特地起个大早，爬到11楼的自助餐厅用餐，暖暖的大麦粥驱走早晨的寒气，我的胃，一下子就舒服起来。隔着落地大玻璃窗望去，小镇景色如洗，远山娇媚，史凯威小城的直升机坪就静静地匍匐在雪山脚下。

其实，机场离码头也就一步之遥，但还是有专车来接我们过去，车上播放安全知识的录像，偶有人低声交谈。到了机场，我们走进候机室，穿上救生衣。因为还要在冰川上待半个小时，机场还准备了防滑防水的靴子，可以很方便地套在自己的鞋子上。防滑靴的鞋底上有许多不锈钢做的可以活动的铁钉，走起来喳喳地响。

全副武装以后，很像古代的武士，威风凛凛！看到你如此兴奋，我也不禁期待几分。美好的一天，就这样开始了。

在蓝天白云下，一架架单翼螺旋桨直升机在等待飞翔。二人机、四人机、六人机不等，大家排队等候飞机师的一一"领养"。有意思的是，这些飞机驾驶员，大多是须发全白的老头，有人在嘀咕："比我们还老的人驾驶飞机，行不行呀？"其实这种现象在美国司空见惯，因退休得晚，鹤发鸡皮的老头老太太都还要工作，而在国内飞机航班上，空姐是齐刷刷的肤白貌美女孩，哪里有阿婶、阿婆级别的女人身影呀？

螺旋转动，刚掠过地面腾空而起，这便是电视中见过的阿拉斯加了。低洼沼泽，森林草甸，雪山冰川，峡谷冰原，像地球表面的轨迹，从没认真学过的世界地貌特征，恐怕此时都展现在眼前。深色幽蓝的湖泊点缀其间，洁净透彻，像魔法里的蓝色妖镜。

　　小飞机越过夏日浓密的森林，越过丰水期蜿蜒激荡的河流，稳稳地向着雪山进发。植被越来越少，黑色的土地与冰川的沟壑开始交融、缠绕，也不知道从哪一刻起，极目处已全是雪山。飞行员大叔带着我们绕来绕去，一边介绍着这座雪山怎样怎样，这个冰川怎样怎样，嗓音低沉，用一种平淡无奇的口吻，就像我在向客人介绍我家的桌子和书柜。转念一想，这里的一切对他来说，不就和自己家里一样吗？

　　而我呢，觉得他的话刚从鼓膜上飘过去，完全听不分明。我贪婪地看着眼前的奇景，脑子里却满满地回荡着你说过的话。是的，从飞机上俯瞰这些冰川与在地平面上平视的感受完全不同。飞行在空中，冰川从前方逐渐进入视野，在云缝中不紧不慢展示开来——这是一个默默无声的奇迹，巨大的冰川和我们乘坐的飞机形成强烈的对比，就如同江上的一片落叶。也只有在这个角度，才能看到冰川表面那些细微如皮肤的褶皱。

　　这里的冰川都是海上来客，宽至数百米到千余米的各色冰川，就像流动的河流突然被施了魔法，变成一条凝固的冰河，矗立在海水之中，非常壮观！放眼望去，白色的冰川并不很白，表面有污垢似的灰色，冰层中、裂缝里看见的却是蓝色的。有一大块崩塌了的冰层，蓝色非常显目，就像一块被打碎了的蓝宝石！冰川四周被山峦环抱，朵朵白云飘荡在空中，山上墨绿色的云杉林长得十分整齐，而草地已全部变黄了，弯曲的河床水浅见底，从空中俯瞰大地，犹如一幅展开的美丽图画，令人心醉神迷。除了飞机的引擎声响外，无人说话，都全神贯注地观赏这难得的美景。手中的照相机不停地咔嚓咔嚓响着，把一幅幅难得一见的美景，储存在照相机的内存里，并深深镌刻在脑海深处。

你坐在我身旁，耐心地指给我看。不同区域的冰川，呈现出不同的质感表面。巨大的山体将冰川割裂成不同的条带，它们像一条条分裂的白色巨龙，沿着黑色山体表面蜿蜒而下，唱着一首首华丽的哀乐，然后一头扎进尽头宛如碧玉的溶解湖。冰川在不断支离破碎的过程中，逐渐深入自己的归宿地。在蓝绿色的湖面上漂浮的白色碎屑，也许就有上万年的历史。

不知道为什么，每次看到冰川时候，我竟然哀婉得令人心碎。几十万年来在地球上积累的冰川，正在全球变暖的症候中缓慢地分崩离析，以如此优雅而缓慢的方式无可挽回地走向消亡。对于居住在都市的人们，冰川早已成为遥远的风景，最初欧洲探险者们用黑白插图方式，描绘冰川不同于地球上其他风景的形态，在这个变得越来越炎热的星球上，巨大的冰块无论如何都是一种奇观！

你说，高山冰川形成在山的顶部，侧立面冰莹细腻，调入些缤纷的颜色，看起来很诱人，仿佛在说："我是杧果冰沙，快把我吃掉。"单翼螺旋桨好像21世纪的战斗机，载着几个戴头盔配耳麦的战士，时高时低，稳健飞翔。掠过冰川的眼泪，看小蝌蚪找妈妈，随后平稳拉升，如空中蛟龙向深处的阿拉斯加山脉飞去。

荒凉的冰原大道上，一架红色的K2飞机，滑行十来米，比我们早几分钟降落在冰川上。打开舱门，温暖的阳光照射在身上，幸好夏天还未走远，风不大。

远处雪堆中隆起几个大篷沙包，那是登山者露营的基地。飞机将他们运往此处，自带粮草，安营扎寨，为冲锋登上最高山巅做最后的准备。三周后飞机会再次预约来接。山顶的坡面有一个凸出的小房子，飘然走过一个人影。

飞行员说，那是个简易的洗手间，在这里可以冰川徒步，也有针对游客的营地，只是营地相当不容易订到。游客需要准备好几天的食物，临走前按照一定的要求，挖坑埋好排泄物（深度都有严格标准），在冰天雪地中度过完美的周末。我们虽然没有时间露营，但在冰川上也玩得不亦乐乎，就像孩童一样，你追我赶。我乐极生悲地狠狠摔了一跤，半天都爬不起来，最可恨的是，你居然拍下我摔倒的全过程，照片里的我显得有点狼狈，但笑容可掬。

回程的飞行直接和快速了很多，我有些不舍地回望这片阿拉斯加山脉，发现它在初升的太阳中，云雾缭绕，居然隐约闪现一道极光。传说，遇见极光，会得到神灵的庇佑。我贪婪地望着，眨眼之间，它又重新隐藏在云中，就像从未出现过一样。

是幻觉吗？我不知道。谁又知道人生是不是一场幻觉呢？

二

从机场出来的时候，只闻鸟鸣虫唱，安静得一塌糊涂。游人纷纷散去，寻找各自的风景。

天有一点灰暗，但丝毫不影响这座小镇的美丽；如轻纱般的薄雾萦绕在山之巅，好似面容姣好的少女在浅笑回眸。右边的山体画着各色广告，刻着淘金的故事。花15分钟沿着海边慢慢悠悠走到镇中心。路的左侧是海，右侧是一座接一座排列着久远年代建造的老房子。只要风不大，路线甚是惬意，正好散步。海鸥在空中优雅地盘旋，微波细浪缓缓摇晃着海湾里的小船。有猫蹲在突堤上晒太阳。

这样的场景，是不是很适合怀念杰克·伦敦呢？

虽然在日本海、白令海捕捉海豹的船上生活已经过去很久了，但杰克·伦敦在洗衣作坊那乏味的工作中，依然会怀念起在海上的冒险生涯。根据那段经历写成的散文《日本海口的台风》，只给他20美元的报酬，在奥克兰中学读书时写过小说《小笠原群岛》，可校报不能支付任何稿费！靠写作来支撑生活只是一场幻想。累得要死的杰克·伦敦靠在小酒馆的吧台上，呷着一杯劣质的朗姆酒，贪婪地看着老板娘从低得不能再低的领口露出的大片粉红色皮肤，樱桃木的台面上躺着今天的报纸："阿拉斯加发现黄金！"

1897年3月，杰克·伦敦和其他三个伙伴筹集了8 000磅的物资，开始自己的淘金之旅。他们在寒冬到来之前克服了重重困难，经历了千辛万苦来到靠近北极的育空河，在那儿度过了冬天。在从史凯威经克朗代克前往育空的途中，他还造了两条船，靠摆渡淘金客过河，他赚了足足3 000美元。

开始一切都是那么美好，但是因为没有新鲜的蔬菜和水果，杰克·伦敦得了坏血病。他只能从育空撤回史凯威小镇，住在"红葱头沙龙"满是霉味的客房里，偶尔到楼下的大厅里，听淘金客们神吹他们的淘金记，大多时候，则和那个总是一身大红裙子的妓女鬼混。

就是在这里，他听到了约翰·索顿和巴克的故事。于是，就有了世人皆知的《野性的呼唤》。

杰克·伦敦《野性的呼唤》，是你最喜欢的小说之一，在通往史凯威那段怀旧而复古的路上，我看到了很多美国老电影中才出现的场景，还自行想象了马车嗒嗒穿行的画面，更记住了一个因你的娓娓道来而变得生动且神秘的故事。

沿路星星点点，是排列整齐的行道树。那碧绿的树叶，那鲜红的果实，光彩夺目，分外诱人。我们很快就走到一个小广场，那里竖立着先民的雕像：一位扶着拐杖的印第安向导，手指着前方的淘金路；后面跟着一位淘金客，背着一个装满自己全部家当的大包袱，朝着淘金地方向前进。附近有一块指路牌，告诉人们前往白马（White Horse）、道森（Dawson）等地的方向。还有个古老的深红色火车车厢，徽标印有白口（White Pass）、育空路线（Yukon Route）的字样，顶端还有白色的"909"编号，非常醒目，不少游客站在上面照相留念。附近还有老火车站，以及多条铁路。

在这道口，几根老铁轨交叉着伸向群山，一个红黑相间的火车头，默默地停在岔道上。如此画风，让我忽然想起了披头士乐队（The Beatles）那张著名的照片，于是来了兴致，跟着游客依次排队走过铁轨，让好心的旁观者担当摄影师。复制了那张印刷了数百万张的海报，只不过列侬背着吉他，而你提着的，是跟随了你将近十年的相机。

再往前走，就是百老汇大街了。蓝天白云下，一对相互搀扶着的老人，缓慢地挪动。他们的脚步，让我不由自主地想起时间的存在。世上偶尔是有人以那种方式走路的，简直就像时间本身在行走。但好在史凯威足够小，小到一条百老汇大街从这头就能望到另一头，著名的红葱头沙龙就位于大街的一个路口。

在淘金的全盛时代，这个混乱的边境港口拥有80多家酒吧，红葱头沙龙是其中最为"臭名昭著"的妓院。无数淘金者拥进这里，把侥幸躲过劫匪的洗劫、仅剩的几块沙金塞进艳丽女郎的领口，扭转头，重新走进远离文明、野性而荒蛮的未知世界。如今，这栋多彩的建筑已经变成酒吧和餐厅，还被列入国家历史建筑加以保存。在此喝上一杯，会有穿着那个时代衣服的女郎为您做讲解，只是小费不能再塞到女郎的衣服里边，只能压到酒杯底下了。

从酒吧出来的时候，远远有一辆马车驶近，我不禁张大嘴巴"哦"了一声，瞥见你嘴角有一抹嘲弄的坏笑。车上坐着游客，在导游的引导下，悠闲地四处转悠着，更让思绪掠过风尘，回到过去的岁月。

我们站在史凯威这条唯一的街道上，目之所及，几乎每栋建筑物都散发着历史的幽香，述说着岁月的沧桑。当然，我明白，所有这些都是仿制品，是为了吸引游客的眼球，故意营造出的一种环境、一种怀旧氛围，让人们重温并追忆史凯威那段繁华的过去。

回过了神，没走几步，我们就遇见了建于1899年的北极兄弟馆，外墙整个儿是用桃花心木搭建而成的，是阿拉斯加地区仅存的建于19—20世纪之

交的浮木建筑。现在是镇上的旅游信息咨询中心。我们来得太早，咨询中心尚未开门，只有一个身穿红裙子的老年妇人，在侍弄窗下木花盆里的花草。史凯威人喜欢种植花草，几乎能种的地方都种满了，北极兄弟馆南邻的一块也就20平方米的空地上，种了各种植物，还美其名曰：北极植物园。

在北极兄弟馆对面，是一家出售零食的小店，从窗外就可以看见一位大叔站在凳子上，从大大的旋转不锈钢桶里，往外倒沾满了巧克力酱汁的爆米花。这个怎能错过？不光是路过的小孩子，还有老人和我们，都馋涎欲滴，各自取了一大杯，一边吃，一边游荡在史凯威空旷的街头。

在史凯威老城的木椅子上闲坐，再到山边的小教堂（现在是博物馆）转转，史凯威小城就这么逛完了。此时还不到上午10点钟，我们在这里还有大把的时间需要挥霍，虽说，越小的城镇，越能体会到异域的精髓，但史凯威也确实太小了！怎么办？你提议说，赶紧买一张火车票，去育空！

　　最后，我们折回去，参观了史凯威白口火车站。老式的候车站台，简单、古朴，有一种似曾相识的感觉。白色墙面，印有"1898"等黑色字迹，在阳光下特别醒目。圆拱形的窗户、方正的门框，涂上怀旧的棕红色。正面的站台上有一排长长的走廊，铁轨就在走廊的外面伸向远方。此情此景，像极了一部电影中，失意的女主人公目送情人，看着火车慢慢远去的画面。

　　我们走进去，在过道的一边是售票处，里面聚集了许多人，有人站在窗口前排队买火车票。过道的另一边是商场，货架上堆放着琳琅满目的货物。可惜的是，这趟开往最美风景的火车，在我们抵达的前一秒，车票已售罄。

<h1 style="text-align:center">请允许我将灵魂安放</h1>

一

我们很遗憾地和这条"世界著名风光铁路"擦肩而过。

但幸运的是，在热心人的指引下，我们租到了一辆非常满意的黑色越野车。

史凯威共有三家汽车租赁公司，最可靠的就是位于第三街上，靠近春街南面那栋楼口的"安飞士"，车多且车况也比较好，通常一辆中型车包含税费和LDW（Loss Damage Waiver，损险）在内的价格在150美元左右。由于预订时不需要提供支付信息，所以夏季游轮期非常紧俏，经常售罄。第二家是位于百老汇大道的"阿拉斯加绿色吉普"，清一色的牧马人，160～180美元再加上税费保险，比安飞士贵一点；第三家则是位于六街上的"拓荒者"，租金比安飞士便宜，但车子比较旧。

签完合同，我们从安飞士开满鲜花的小院出来，你开心地吹了一个长长的口哨。我们迎着雪山欢呼起来，跑到不远处的停车场取车，然后出发。

你扭开收音机，浪漫的音乐便弥漫在车子里。我看着窗外，愉快地哼起王菲的那首《乘客》。

高架桥过去了，路口还有好多个。

这旅途不曲折，一转眼就到了。

坐你开的车，听你听的歌，我们好快乐。

第一盏路灯开了，你在想什么，歌声好快乐，那歌手结婚了，坐你开的车，听你听的歌。

白云苍白色，蓝天灰蓝色，我家快到了，我是这部车，第一个乘客。我不是不快乐，天空血红色，星星银灰色，你的爱人呢？

我喜欢唱歌，在酒吧驻唱的时候，尤其投入。学王菲，唱《流年》；学莫文蔚，唱《盛夏的果实》，都有声有色。情到浓时，微蹙眉头。有客人说："这个女孩，心里有事啊。"望他一眼，不说话，有钱的男人在这一夜，眼里便有了你。我只是个卖唱的，却总是赚得小费满满。

而《乘客》这首歌，应了我彼时的心境。只记得，当时我坐在你身边，反反复复哼唱。看着吉普车沿着州街笔直地行驶，两边的房屋、树木如往事般闪过。我们如电影里的男女主人翁一样，驰骋在克朗代克高速路上。安飞士租车公司的小伙子没有说错，这条公路确实美，丝毫不逊色于我们国内的318国道。

出城辗转而上，两侧尽是白色的山峦，克朗代克峰绵延起伏，一直在左侧陪伴着我们。白隘—育空铁路在我们右侧对面的山腰上并行，古老的机车缓慢地攀爬在空旷的原野上，不时喷出白色的烟雾。乔恩·克拉考尔在《荒野生存》里说，"因为独自一个人，即使最平常的事情，似乎都充满了意义。"

　　我们迎风狂奔，许多路段都是颠来簸去的波浪形路面，一路上人少、路窄，用"蜿蜒崎岖"形容不算过分。这一路，风光壮美，一边是岩石峭壁，一边是雪山、水域或干涸结冰的河床。但许多地方不能停车，狭窄公路的一侧常有落石冷不防地砸下来，路上随处可见一些散落的大小石头。到了有落石的地方，需要格外小心，开车加速离开或观察山体是否有落石迹象。而寂寥的阿拉斯加高速公路，这条狭窄的小路，当车开过时，连那些石头是什么时候落下来的都不知道，那么多的乱石也没听到砸中哪辆车、哪个人，可见这路有多寂寞。

　　我们在路上偶尔会遇到几辆摩托车旅游者，那本来轻巧的车辆到了这空寂之地，路漫漫、无限延伸的样子，使出现的车辆都显得迟缓而形单影只，怎么走都走不到头一样。

　　我们轮流开着那辆租来的黑色吉普车，它像一个背负行囊的龟，不时在哪个地方停一下，所停之处并不是一路上最美的地方，却是相对来说停车较为方便又安全的地方。

　　这是一条高速公路吗？站在路的中间向远处拍照，前后不见人影和车辆。流动的东西似乎只有阳光和云朵。有时候细看一些雪山的棱线和枯枝，很像儿童画的那些线条最简单的版画。

　　冰河还会带来一些历史镜头的闪回，这使眼前的景象更加有滋味，也使它指向的未来变得清晰。一些没有雪的山头上的绚丽色彩，是硫化的结果。山麓融化的冰层之下，硫黄染黄了土地。

　　这些都在公路边，我们始终没有离开过阿拉斯加高速公路。加一件红外套，是因为你说："蓝星，这里气温骤降，不要着凉了。"那红的外套薄得像纸，透明如塑料，一层小雨衣的材质在风中耀眼地招展。

　　很多时候，我们做的事不是拼合，而是拆毁对方多出来的那个角。每次玩拼地图或其他拼图游戏的时候，我就想到这个。阿拉斯加实地的山川、河流、树木和人，与所有的风光一样，让我看到自己除了欣赏它，不可能拆毁任何一个小角。因为那是上帝放在那里的。

而高纬度地区的静水深流更让人叹为观止。从图晒湖出发前往育空平原的路上，景色更是美得惊心动魄。你可否想象世界一下变成了两个，水天和世界在这一瞬间相连，却分不清界限。那宁谧的湖水，安然静卧在雪山与原始森林之间，巨大的白云杉沿着湖岸生长，像一群伫立的卫兵。

我不记得自己在那个湖边，默默伫立了有多久，好像久得都忘记了如何去呼吸。有山坡，有人家，有湖泊，有云，可是没有风。阳光洒在湖面上，没有涟漪，就像鼠标右击了桌面又重新粘贴复制一样，宁静安详。

风景掠过，我始终无法回过神来。上帝真是太厚爱阿拉斯加，我想，若真有天堂，大概也就是这样的景象了。

这一路走来，我的大脑常常会有大段大段的空白，那是因为大自然创造出的奇迹实在让我的大脑跟不上节奏。我很庆幸自己这么年轻就来过这里，因此更加笃定了我对这个世界美好的期许。去过阿拉斯加，我还会想去更遥远的地方，因为它让我看到了世界的美好从来都是无止境的。

同时，也很不幸这样早就来过阿拉斯加。因为，很多景色都不再能入眼。我们放轻脚步，生怕惊醒了这片神秘的土地。低头一看，干草丛中隐约可见绿色新草。干草之上有动物的遗骸，这是一只什么动物呢，死于何事？雪山、河流和树林，不知在此见证了一些什么样的故事。张清芳的歌《雪下得太早》两段结尾反复回环着那一句："将世间的一切，都掩盖得完美无缺。"

　　想起在城市住高楼的日子，我曾下载许多音乐在睡前播放，里面有山间的水声，那时我冥想自己躺在山间一块平坦的大石头上，涧水从大石头两边盘绕而过，树高林密遮天蔽日，又隐约筛下来光洁的日光，还有鸟声相伴。如今，这景象就在眼前，不同的只是我坐在车里成为赶路人。旁边是一位穿着卡其色风衣的英俊男子，他要考虑如何在最短的时间载上身边的女子，看到最美的风景。

二

　　汽车穿越在山间，打开车窗，新鲜空气迎面而来。这就是阿拉斯加的气息，纯净安宁。我们开车许久，眼里心上尽是郁郁葱葱的森林夹着蓝莹莹的湖泊，天空又是出人意料的蓝。如此反复，那种不真实感就更加强烈了。

　　就那么开着，远远看到一辆白色的小汽车，一些麋鹿正在过街，有的快跑，有的慢走。那车就停下来，等着所有的麋鹿过街。大群的麋鹿先跑过去，后面跟着的一两只也不着急，慢条斯理地向前走，不时停下来看看给它们让路的车辆。我们也就跟在这辆白车的后面停下来。你握着方向盘，看着那鹿，嘀咕："还看！看什么看！你还好奇？"

　　又一批麋鹿跑过街去，蹚水越过一条小溪，跑进树林深处。后面零零星星又是几只不紧不慢的，踱着步，过了街竟然沿着街走起来，走几步又回头，往先头部队走过的方向而去。

对面开的路上也来车了，一辆小露营车。麋鹿也那么一停，两边的车都给麋鹿让出一条通道。我们的右侧，一些麋鹿仍在陆续地钻出树林，从停下来的车辆中间走过街去；有的迟迟疑疑，站着往车辆里面望。

三辆车里的人都拿着相机在拍照或录像。等它们完全没踪影了，也久久不见还有麋鹿从右边的树林里出来，这才慢慢地发动车子，也不快开，防止这一带还有麋鹿冷不防钻出来跳到公路上。

这个午后，依然是湛湛蓝天在上，皑皑白雪在旁。

空气凉凉的，我还穿着薄薄的外套，你一个劲地唠叨："蓝星，赶快把毛衣添上。"我仍是觉得冷，就把随身携带的彩色围巾也披上。

路的上空，低低的有一些云团，离树梢很近，造型和分布，以及诡谲的样子，有点儿像热带云。

路过一个加油站和几座小房子，我们稍事休息。在此加了73美元的汽油，油价是4.39美元1加仑。

你在加油站里面拿了一些旅游小册子，买了一杯咖啡，都没有收钱。你问有没有Milepost（里程信息速递），其实为这个你寻觅了一路，许多长途旅行的车辆上都有这个。本店没有，老板娘就打电话给附近每一个有店的地方，帮你问有没有这本书。最后说隔壁的小超市就有。你见人家如此热心，立刻有"他乡遇故知"的感动。

在那小超市里，你找了许久的书终于找到了，很厚的一大本，彩图，31美元。没买，不是你想要的那种。就在这超市里买了两听牛肉罐头，一盒巧克力粉，还有一个很重要的防蚊喷雾剂。价钱很贵，不过，你做事向来只从心出发，不计较。

拿着东西出来，在超市门口的停车处，我正准备上车，旁边车里出来一个人，问我是来自亚洲吗？我说中国。他说，他来自哈萨克斯坦。第一次听到和见到从这个地方来的人。我立刻叫来站在超市门口喝咖啡的你。你这个游历了108个国家的人，遇到一些不管从哪里来的人，都能把你自己的旅游经历调出来，像见到老乡一样聊半天。可这次，你说你没去过哈萨克斯坦。他是地质学家，来阿拉斯加考察留下来的移民，就住在本地。这位地质学家非常健谈，硬是拉着我们，滔滔不绝地讲解史凯威及育空壮丽的景色和荡气回肠的历史故事。

在我们闲聊的时候，公路上时而出现一两辆标有搬家公司（U-Haul）的车。那是自己开着搬家公司的车辆拉着自己的家当正在搬家的人。如果是从南往北开上来的，据说许多都是带着梦想，要在阿拉斯加过世外神仙般的生活，盖一座小木屋，逍遥在山里、湖边；如果是从北往南开下去的，据说许多都是带着破碎的梦离开阿拉斯加的，回到美国下边那48个州去。世外生活并不那么好过，因为购物不便，买生活必需品要开车到很远的地方，生病求医不方便，朋友少，离得远，生活单调寂寞。而许多盖在山里的小木屋，看起来美丽、浪漫，却没水没电没网络。过惯了现代生活的人，真正回到远古，去过原始生活，没几天就受不了，于是再次启程去别处长久地旅游，或回到城市。小木屋先上锁，设想着哪一天过腻了城市生活再来度假——却一锁就是多年。懒得再来，久了便自动废弃——阿拉斯加许多被弃之不用的空木屋就是"破碎之梦"的象征。

我们继续启程，那云也奇怪，只压在公路边的那一大片纤细的松林上空，公路上却晴空朗朗，蓝得纯净。路上没有别人，仿佛上天也专为我们开路。经过美国和加拿大的边境时，一个全副武装的警察上了车，礼貌而严谨地检查每个人的护照和签证。

国境线那边并不是育空地区，而是不列颠哥伦比亚（British Columbia）的属地。顿时，脑海里闪过一帧帧《国家地理》杂志的图片，仿佛是一步步踏进极地的无人地带，内心里荡漾起的情感复杂而多变，一瞬间惊喜，一瞬间怅惘，一瞬间又若有所失，而另一瞬间又成了挑战极限的热血沸腾。这是雪山冰湖，也许在阿拉斯加漫长的寒冬里，就是那一望无际的雪原。

换我开车的时候，你怕我分神，就给我恶补地理知识，你坐在身旁，像解说员一样，磁性的嗓音如阳光拂面。育空地区属于亚极地气候，冬季漫长而夏季短暂，白马、道森，以及阿拉斯加的史凯威，都是如此。但是无树的山坡高地属于极地气候，就如同我们左侧的克朗代克峰，山舞银蛇，原驰蜡象，除了雪原还是雪原，不见一棵树木，甚至高原苔藓也极其稀少。

　　又过了半小时的崎岖与颠簸，这才抵达育空地界。育空的边界很简单，只是一块大大的木牌，上边写着大大的"YUKON（育空）"。路上行人极少，沿着风臂湖往北约14.5公里，在风臂湖、塔吉什湖和纳瑞斯湖三湖交汇的中心有一座叫巴夫的小岛。小岛坐落在碧绿的草坪之上，恍惚间就像童话中的微缩世界。峡湾曲曲折折，时而开阔，时而逼仄，时而是一望无尽之碧蓝，时而可见两山之间平湖之上有雪山耸立。就仿佛年幼之时的蜡笔涂鸦，山坡、飞瀑、壮阔的水面，还有小房子和尖顶的小教堂，那时心里对这个世界最美好的想象如今就像画卷一样，一点一点地展现在面前。如果说之前我还觉得小朋友的涂鸦不值得一提，如今的我只能说，此地就是离孩子们对这个世界最初憧憬最近的地方。这儿还有座观景台，在晴朗的日子里，湛蓝的湖水，白云悠悠，风景还算不错。

车还在往前开，你不厌其烦地充当地理学家，我就故作莘莘学子，也听得很认真。育空地区以育空河命名，虽然育空地区仍留有冰川，但育空高原的大部分地区因为没受到最后一次冰川的影响，所以呈现出北美其他地区没有的独特景观。尤其是育空地区的湖泊，其景色壮丽与妖娆丝毫不逊色于瑞士。这不，刚进育空地区不久，翡翠湖就伴随着茂密的冷杉林进入我们的视野，湖水在阳光下，闪烁着奇怪的光环，湖边的树木伟岸挺拔，就连一两株枯木也是那么不可或缺。有时间的话，爬到公路东侧的山头上，一览翡翠湖的全貌。

可惜，我们是游轮旅客，游轮离岸的时间冷酷而讨厌。我们没能到达育空的首府白马市，在翡翠湖畔静默许久。当时风很大，很冷，脑子里闪现的是海子的诗："黄昏，我梦见我的死亡。"

后来，我们就掉头返回了。旅行就是这样，既然选择了游轮的舒适与奢华，你就只能接受游轮旅行的缺点，那就是无论在哪个目的地，都只能浮光掠影，想要深度了解育空地区的历史与文化，只能期待下次再开上一辆汽车，沿阿拉斯加公路一路北上了。只是，这个愿望，何日才能实现呢？

短短的一段行程，从城市到草原，从雪域到森林，从峡湾到大海。我从未想过有一地的景色会震撼如斯，从羡慕到嫉妒，让人觉得在此地做一头在山坡上静静吃草的牛，面朝着大海，背对着雪山，那也是一件绝美的事。

很久之后，当我回忆起这段旅程时，还是感慨万千。以我的人生阅历，是难以承受这样的景色的。真的，我真想流泪，这山地、这美景、这树木、这湖泊，每一寸都仿佛是具有生命力一般。行走在阿拉斯加的每一步，我都觉得自己在重新认识这个世界。不是没走过名山大川，也不是长久安定的人，但在阿拉斯加的吉光片羽中，时常会忘记：自己是谁，在哪里，是否还活着。

　　这里的不真实感太强烈，强烈到似乎只是梦中一个随时可能幻灭的景象。

天使流连的后花园是维多利亚

一

游轮停靠的最后一站，是维多利亚（Victoria）。

大家都很清楚，过完今天，游轮就会返回西雅图，靠岸后，我们会坐上十几个小时的飞机，然后回到各自的人生轨道，他日是否还有交集，谁能预料？

所以，这一天，显得格外珍贵。

我们没有计划，没有攻略，没有向导。彼此脚步放慢，慢慢行走，慢慢发现。

让时间带着我们走。

脚下有飘落的枫叶，抬头可见晴空，伸手可及白云，左边是大海，右边是一片葱郁，美丽的花园洋房点缀其间。维多利亚，深藏着上帝的偏爱。你很容易就被眼前的景色所吸引，不由得慢下来，任自己迷失在这片蓝天白云下。

一切随心。

虽然不是最好的8月，没有玫瑰园的芬芳，但一片片的郁金香，更有很多不知名的小草花，让维多利亚的初秋毫不逊色。何况，风景之外的风情，更是我的钟情所在！

街上充满了未知的欣喜感。郁郁葱葱的针叶树和枫林在秋日里随风摇曳，徐徐落下的叶子踩在脚下有清脆的沙沙声。在石板路旁，各种商店应接不暇，先是一家家的路边咖啡厅，依稀在各自地盘摆好椅子等候着你光临，围着围裙的侍者站立一边向你投以微笑，阳光很好，不时从树缝里洒落下来。接着好几位街头艺人好整以暇，坐在路边，画架上摆满了奇怪的肖像画。

我看到有位中国人，瘦瘦高高，一撮白胡子，戴着博士帽，正专心地用毛笔作画。他的画，不知哪位路人会买回家？

　　街上还有很多小鲜花店，面积三四平方米，摆满了盆景和鲜花，充满了"早安，你好"的气息。路的两边，蛋糕店、比萨店、印度料理、土耳其烤肉、日本料理、中国菜、穿插其间，还有各种纪念品店，各种服装店，应有尽有。哥特式的古建筑显得慵懒而繁重，有人光着上身，站在阳台上俯瞰街上熙熙攘攘的人群。阳台上种满了五颜六色的花朵，墙壁到处爬满了碧绿如翠的常春藤，一派姹紫嫣红点缀其间。

　　街上的静止行为扮演着雕塑工作者，此刻也陆续地融进城市的风景里，摆着各种造型岿然不动，行不惊人死不休。

　　说实话，第一次走进这样的步行街，我整个人都充满了对世界的爱，自由的感觉一下子填满了胸膛，一点儿都不夸张——当时我就想，应该把我的心空出一块地方，去盛放不切实际的白日梦——在书本里做过的旅行，简单而直接地信任人的勇气，以及对爱的轻柔温暖的眷顾。这一天，当这块地方被我们这样光顾时，不管我们是否能共度余生，你都将是我唯一的爱人。

　　我们就这样慢慢地走着，没有目标地走着，任和煦的阳光温暖着身体，任海风吹拂着面庞，撩拨着发丝，任每一分钟每一秒钟像平常一样流逝，却感觉流逝的时光和平常不一样，比平常舒服，很温馨的感觉。突然觉得，这也许就是生命的一种质量。

就这样漫步，仿佛是上帝的指引般，我们竟然悄无声息地到了著名的布查德花园。"没到过布查德花园，就不算来过维多利亚"，这话说得一点没错。建于1904年，面积达35公顷的布查德花园（Butchart Gardens），是维多利亚最美丽的一处人间仙境！

虽然票价不菲，但入口处的工作人员，非常热情，而且工作效率很高。人还未入园，就已经能感受到花园里的百芳争艳了。进园后只要照着游览图行进，就不会错过任何一处风景了。

经过大理石棋盘，遇见一池红花翠叶，洗手间也在繁华的簇拥下变得芬芳无比；玫瑰旋转木马上面是一个透明的圆窗，当音乐响起，阳光正好照在旋转的木马上，像舞台上的追光灯，每个坐在木马上的孩子都感觉自己是被灯光追逐的大明星。

只是，旋转木马，没有翅膀，不管它能陪你多长，只要音乐停下来，你只能离场。

回神，转过一个路口，就是低洼花园（Sunken Garden），在地面125厘米以下，那是一个色彩斑斓的世界。它原本是布查德先生废弃的矿山，却因夫人的玲珑心思，得以妙手回春：常青藤把四面荒芜的石壁遮掩，残留的石块筑成花床，散布于草坪上的，是一列列多姿多彩、葱葱郁郁的花草树木。一片废墟却被种植改造得如此完美：层次感和色调的搭配，那样的天衣无缝，自上而下的层层叠叠，缤纷烂漫地倾泻到底，不露一丝土壤；丰富的色泽，造成强烈的视觉冲击，让人心旷神怡而情不能自抑。

　　第一次，在同一个场所一次性地看了这么多郁金香。虽然知道郁金香有很多种类，虽然也看过郁金香的天地，但第一眼看到长在地上的紫色的、黑色的郁金香的时候，还是不敢相信自己的眼睛，不敢相信造物主的神奇。

　　日本庭园（The Japanese Garden）是这里的一个分院，石灯、红桥和流水是日本园林的必备要素，而常见于寺庙的白色沙子铺成的寓意波浪涟涟的

沙图，神社中必有的洗漱池，居然也出现在这里，很有些意外。

你说，从很多个角度看去，有一种莫奈油画的感觉，一层层一片片的绿色中间，掩映一条红色的木质拱桥。

日本讲究的寺庙庭院，常常会有白色铺就的沙石，其中以银阁寺的最为知名。方寸之间，感受大海的波澜壮阔、跌宕起伏和变幻莫测。

只因为你曾经在日本旅居过，日本庭院的精巧细致、典雅细腻的印象，实在入骨太深，如同在加拿大看樱花和枫叶，总有形相似而神差异太远的感觉。

加拿大宽大广阔的领域、多样的气候和土壤，才能养育这万千的物种，也造就了包容万象的气度，才会有这么多的民族和种族，不但远离了故土，而且在这里生根发芽，繁衍下去。

风景如斯，只能说这里感觉似曾相识，但是神韵相差太远。不过，异国他乡之处，能够遇到似曾相识的风景，即使只有二三分相似，也会感动这份用心的。

恰好是午餐时间，在这里用些轻食，隔着窗户，感受着美轮美奂。幸福生活，不过如此。

你是一个有礼貌的游客，游历了很多国家，只要有留言簿，一定仔细地留言。我看见你俯身写的时候，心里有着莫名的感动。你写了一段留言，感谢美丽的风景，感谢有机会和爱人到此一游。

布查德花园最后的一幅画面，定格在一个洗手间前面的老奶奶身上。

我看了她很长时间，奇怪她为什么如孩童般，一直坐在那里。你可知道，那里并非是休息的长椅或石凳，而是一座仅供游人观赏的雕塑———一匹黑马。一直到洗手间里走出一位老爷爷，我才恍然大悟，原来老爷爷是她要等的人。看不到老奶奶的表情，但两人绝对没有语言的交流，只见老爷爷很默契地举起相机，拍下这个姿势（Pose）。然后老奶奶翩然侧身下马，二人牵手而去。

那一刻，我也希望——白发苍苍的我，还有兴致穿着粉红色的热裤，坦然摆好姿势，有等的人来；你，如果还在，也不要问，只要拿起相机，犹如几十年来的你，将我定格在每一个幸福的瞬间。

二

在某一个街头，我们不期而遇，远远看见竖着一个白底黑字的牌子，上面写着"夜晚是用来睡觉的，白天是用来休息的"（Nightis for sleeping. Day is for resting），这大概也是维多利亚市的特征之一吧。你咧开嘴打趣道："蓝星，要不我们在这里买间房，我耕田来你织布，夫妻双双把家还？"我记得，当时你等了我十秒，可惜，你只能看到我脸上的波澜不惊，却看不到我的心里早已波涛汹涌。是啊，遇一人到白首，择一城到终老，昼看繁花，夜观星辰。那画面，想想就能醉人。

　　我们沉默着走了许久，累了，就坐在市中心广场前，看着周围童话一样的画面，发着漫长的呆。木制栈道、栈桥，港湾停泊着各式各样漂亮的游艇、小船，还有人在这里玩单人划艇；街边有各种造型的艺术家，卡通造型的垃圾桶，手工制作耳环的商贩，一家摆卖手工制品的印第安人——摆摊卖的大部分是摊主亲手制作的手工艺品，各具民族特色，展示了各种不同的文化。而马路上，有俊俏女郎掌驾的精致白色古典马车，载着游客缓缓驶过。在阳光下，身处在花花世界里，在几只鸽子的注视中，你会觉得，这一切都显得那么美好，在那个时刻。

　　身后，BC（British Columbia，不列颠哥伦比亚）省议会大厦是首府维多利亚的地标建筑，坐落在市中心的海湾南侧，坐南朝北面向海湾，落成于1898年，迄今已过百年。

　　这是一座维多利亚式的巴洛克建筑，由英国的法兰西斯·拿顿贝利（Francis Nardone Bailey）设计。据说，当时的法兰西斯年仅25岁。浓郁的英国风情更是反映在建筑设计上，大厦外墙包覆着浅灰色的大理石，典型的罗马复兴风格，中央为一个穹顶，两侧有对称的塔楼，整个建筑弥漫着优雅的风采。

我放眼望去，就看见一只小鸟停息在大厦正前方耸立的维多利亚女王的雕塑上。维多利亚，在位最久的英国女王之一。世人只看到她的丰功伟业，却从未发现，她亦是个幸福的女人：权力与爱情，她兼而得之，她的人生不可谓不圆满。

　　正面的喷水池，是为了纪念英属哥伦比亚被殖民100周年。

　　右侧的纪念碑，则是第一次世界大战、第二次世界大战、朝鲜战争中，为国牺牲的将士们的纪念碑。不过针对朝鲜战争，没有看到相关介绍。

　　左侧的广场即联合广场，记载了加拿大10省及2个地方的图腾徽章。其实一共10个省和3个地区，不知道少了哪一个，后来有没有再补上。

　　现在的游客都是从侧面的小门进入圆形大厅，当时的设计是通往各个服务部门的中央入口，市民可以从这里进入任何一个政府部门。在每个整点，大厦内部有专门员工，免费带领游客参观大厦，并且讲解议会大厦背后的故事。

　　省议会大厦斜对面的帝后酒店，是维多利亚另一个地标性建筑，也是法兰西斯的作品，于1908年完工，据说花费了160万加元。它的外侧是绿色藤蔓，每年都会野心勃勃地爬至楼顶。爱德华时代的古堡建筑，在维多利亚湾的掩映中彰显了皇家贵族的气派。直至今日，伊丽莎白女王访问加拿大的时候，温哥华会是一站，而女王一定会下榻这里。酒店为女王准备了专门的通道和大门。

酒店招牌的正下方，就是只为女王和其他国家的元首而开的正门。一般的游客，都是绕道左侧的偏门入内，在那里设置了常用的服务台。

而另一侧的入口处，俨然是一个世纪前的电话间，当然电话是现代风格了。

一楼，原先的厅舍，不少改造成了店铺，还有用途各异的咖啡厅和餐厅。只是小女子在喝下午茶前，要先去一趟洗手间，瞅到对面的装饰画也那样高雅精致。在帝后酒店，无论正餐还是下午茶，中间是不可以离席的。如果离席，就不能再回去。所以进餐之前一定要解决好个人问题。

下午茶，往往以一道精美的水果开始。

很精致的瓷器。也许因帝后酒店的名，每个餐具上都有一个皇冠的标志，看上去很高贵，据说这是英国著名的道尔顿工厂制造的皇家瓷器。

然后是三层的茶点，我们两个人得到了一组。茶点的精致程度，也超越了我的以往经历。按照吃下午茶的礼仪，从下至上开始吃：最下层的三明治，自清淡到浓郁的顺序，从蛋黄三明治到三文鱼三明治比较好，否则三文鱼过后，会觉得其他的味道寡然；第二层，我们基本没动，松软的面包固然很好，不过第一层的甜点太诱人了；第一层，很精美的甜品，而且不同于一般超过亚洲人口味的甜度，刚刚好。

　　空气中弥漫着甜腻的浪漫，你喝了一口茶，慢慢地说："英式下午茶很重要的一点，就是茶叶一定要放在茶包里，不同于中国的龙井，饮茶的时候，需要观察茶叶的形态变化。"

　　你这样雅致地坐在我面前，我只负责点头、浅笑就好。在这里，茶点是不可以选择的；但是茶，有茶牌，可以选择。

　　服务员很殷勤，不时走过来，添茶倒水，身姿摇曳。

　　茶点的量，实在太大。虽然我们有心理准备，结果还是剩下很多，打包带回，足够当作第二天的早餐，而且酒店又赠送了每人一盒特制红茶，如果另外买，需要8元一盒。

记得帝后酒店一侧的水边，有不少船长的雕塑，从最初发现温哥华的乔治·温哥华船长，到发现附近各个海湾的船长们，都有雕塑，告知后人他们的丰功伟绩。在增加旅游景点的同时，也是文化的延续。

从帝后酒店出来时，已近黄昏。我突然想起设计师法兰西斯的传奇故事：省议会大厦的成功，迎来了他的事业昌盛；维多利亚另一个著名建筑Empress Hotel（帝后酒店），也是他设计的；还有温哥华的法院，现在作为温哥华美术馆；等等。

只是天才的结局，往往也出人意料。

法兰西斯在近50岁的时候，娶了一个很年轻的吧女。在当时的社会中，这种年龄和地位的差异，很难得到主流社会的认可，于是大师便搬离维多利亚，去了一个小镇。

不幸的事情还在后面。吧女移情别恋大师的助手，为了离开大师，乘大师午睡的时候，居然用锤子敲击了大师的头部……

所以说，门当户对的故事，并不只是在中国；老夫少妻的悲剧，并不只是当今。每个人的一生就如同风吹树叶般扑簌簌的感觉，有的时候让人觉得不可思议。

远处，煤炭大亨罗伯特·丹斯默（Robert Dunsmuir）家的城堡还是那样静静伫立。如今城堡博物馆还摆设着维多利亚时代的豪华装饰，你可以尽情想象那些往日的繁华，不过一切如过眼烟云，早已物是人非，人去楼空。我想，64岁的罗伯特在城堡落成前突然去世，这是他们整个家族的灾难。因为，从那一刻开始，他们家的豪门恩怨故事就可媲美英国最红的电视连续剧《唐顿庄园》。

而我，在离开维多利亚的这一天，要在太平洋海边进行一个仪式。因为，对于我的一生来说，这也是一个非比寻常的时刻。

我在加拿大的西海岸，在维多利亚美丽的港湾，在太平洋边，装满了一瓶来自太平洋的海水。我要带着它，踏上游轮，经过西雅图，一路飞，一直到东方。

一瓶太平洋的水，随我去远方

当我郑重其事地把海水装进瓶里的时候，我的内心响起了激情澎湃的背景音乐——这是我的仪式。这个仪式不是做给别人看的，也没有观众，我只是在内心给自己立了一个里程碑。

这一瓶太平洋的海水，我要把它带在身边。可它到底会在哪个城市、哪个地方、哪个海边，最终汇入海洋？在那一瞬间，我不知道。将来，我们会经过哪些城市，到达哪些地方，看到怎样的风景，品尝怎样的美味，碰到什么样的人，遇到什么样的故事……谁也不知道。

重返阿拉斯加

一

从"海岸星光"号列车下来，感觉昏昏沉沉，仿佛做了一个很长的梦。

依稀记得，在梦里，与你共享阿拉斯加的旖旎风光；醒来后，却天各一方。站在人来人往的车站，我茫然失措，突然好想你，为什么你带我走过最难忘的旅行，然后留下最痛的纪念品？我们那么甜、那么美、那么相信、那么疯狂、那么热烈的曾经，为何我们还是要奔向各自的幸福和遗憾，慢慢远去？

那段记忆如同断了线的风筝，越飘越远。我犹自拿着断线，努力地把两年前发生在游轮上的七天之旅，点点滴滴记录下来。

我不记得经过了怎样地辗转，才回到蒙特雷。

当普斯站在宿舍门口的时候，我才意识到，自己已经从西雅图回来了。在这个世界上，唯一挂念我的，竟然是这个毫不相干的人。

他拿着手机，问我："你就是为了去见这个人，才放弃旧金山的翻译工作？"

我看了一下手机屏幕，那是一个采访视频。我忘了，普斯曾经在我的写字台见过你的照片。看来，普斯颇花了些心思，不然如何能找到中国的频道？该视频正在播放一个聊天的节目，高级翻译官宋家明是本期嘉宾，主持人就是我在威斯汀酒店见过的那位美丽女郎。

镜头上的他，有点像年轻版的台湾演员赵文瑄，很儒雅。

我歪着嘴笑一笑，脑子里有点得意的念头。我想，这男人傻笑的时候我都看过。

漂亮的主持人问他："最喜欢去过的哪一个地方？"

他说："阿拉斯加。"

我连忙对普斯说："你还有事吗？如果没有，那我要进去睡觉了。太困了，我没劲闲聊了。"

他还是小孩子，生了我的气，只给我一个背影。

普斯，我唐突了你，这么纯真率直的你，我的任性和冷酷唐突了你。

我还没来得及抱歉。

这个晚上，不知道是身体的疲乏，还是心里的疼痛，我一直在睡。我一直觉得，你好像就在我身边。

早晨醒来，一切都重新开始了。窗外在淅淅沥沥绵绵无声地滴雨，化好妆、踩好高跟鞋，抱上电脑和几本厚书，在步履匆匆的人群中步履匆匆，赶往不同的教室。

细雨如雾，地面微潮，没有人打伞。

校园是一幅色泽精美的油画，蓝天、白云、粉花、绿草、红砖、松鼠与鸟儿是骄傲的主人，享受所有人的让路、喂食。教学楼如同一本博大精深的线装书，铺陈开来，大口地吞吐着稀稀落落的人群。

偶尔停下来对面熟的人说"How are you？（你好吗？）"，偶尔被陌生的面孔拦住，指着我怀里巨大的翻译简史，说："嘿，我也想学这个，你能教我学中文吗？你的电话号码是？"

经验表明，当我蓬头垢面加拖鞋时，是没有男生需要"学习中文"的。

一笑置之所有的小插曲，迅速收紧注意力，看书、听讲、写论文、做作业，在笔译口译期末考和随堂测试间熬夜，再熬夜。抽时间打工，听BBC（英国广播公司）的节目，想念你。

我在MIIS（蒙特雷国际研究院）的日子已经屈指可数。可与你不辞而别后，一个人漂洋过海来学校报到的第一天，却还历历在目。当我轻叹着时光的流逝时，我忽然明白，只有轮回的四季，没有轮回的人生。

我总是不太承认这些。但起初，确实迷茫和孤独。

只身来到陌生的国度与城市，以为学校会是另一个家，可这里没有亲人，更没有你。不熄灯、无宵禁、不强制住寝室，甚至鼓励在校外居住。这些政策的同义词，是No one cares about you（没人在乎你怎样）。也曾在下课后独自回家，融不进现实世界，于是把自己锁在电脑前，每天靠刷QQ空间和微博找存在感。接踵而来的是自我厌恶，猛然醒悟，原来留学不过是看上去很美。查机票数日历盼回国，一天又一天的烦躁心情。

然而，一眨眼的工夫，我长大了。从小时候起，我在奶奶捡回的美国画册里，看到世界的另一端，还有那样一个神奇的国度，就暗暗发誓，我要学好英语，走到画册里的世界。

我拼命赚钱，打零工，对着电视练口语，被物理化学折磨，然后中考，高考，念大学，被人中伤后，办签证，出国，买菜做饭，操心完口译操心实习，毕业，找工作，和年轻的伙伴来来往往。

我的生活变得很广阔也很拥挤，灰姑娘终于得以出远门看世界了，我已经成长为能和外国人零障碍交流，揣几张纸和31美元，就上美国领事馆拿回签证的成年女性。

蒙特雷，是我见过的最美城市。

这里有森森乔木，有茵茵碧草，有松鼠、乌鸦，有栖息在巨大碧水喷泉旁的蝴蝶，有繁花掩映的图书馆，有无穷无尽的年轻面孔，走过来跑过去，一年一年地成长、蜕变。

它是一个平台，没有人能兼得鱼翅熊掌，我必须抓起一些，放弃一些。而我是一个怎样的人，我将成为怎样的人？都在这许许多多的抓起放弃间，一点一点有了答案。

原来，重要的不是那一纸文凭，真的，而是我在这一年间的每分每秒里，做了什么，又没做什么；认识了谁，离开了谁。

我总是在想，当我离开这里时，我将带走什么。

现在，大学已经开始放假，我的论文很顺利地通过。普斯去了纽约，他将攻读最著名的商学院硕士。我把学校的结业手续都办好，房子也准备退租了。在订机票前买了一本书，星野道夫的《在漫长的旅途中》，准备在回国的飞机上阅读。

我很久没做梦了，这一天，就忽然梦见了你。

我在做翻译，同声传译，现场好像我看见你在G20（20国集团）峰会上的样子，不过换过来，这次工作的人是我，你安静地坐在我的旁边，我只觉得满头大汗，力不从心，回头看看你，想要问你，你为什么不帮我？在梦里，你好像能读懂人心，就对我说："你让我怎么帮你呢？我把我所有的都给了你。你看看，我现在的脑子里是空的。"

你说着就要把自己的头扒开给我看，我腾地一下坐起来，已经是汗流浃背。真是恐怖的梦境。我躺在床上，久久不能入眠，把靠枕抱过来，搂着，稍稍心安。

我早上起来，眼睛浮肿，眼圈清黑，很丑陋的样子。我穿了裙子下楼去买早餐，就接到了梁老师的电话。

原来是北极全球领导人大会的召开，阿拉斯加的翻译不够用了，想从MIIS（蒙特雷国际研究院）借调协助大会的组织、接待、陪同等工作。

她问我愿不愿意去？我想都没想，就答应了。

回去，我迅速收拾了行李，寄存在华人学联的办事处。然后带上那本《在漫长的旅途中》，踏上了飞往阿拉斯加的班机。

二

会议地点在安克雷奇（Anchorage），阿拉斯加最大的一个城市。到达安克雷奇已经是晚上7点多了。

在人群中，看到有人举着一个大大的牌子，用中文写着"蓝星"，原来是负责此次会议的翻译组工作人员。

接机的小巴士就在机场门口，外面的空气格外清冷，我们很快就到了下榻的酒店。

负责这次翻译组织的琳达，是一个严肃的美国阿姨，她照着名单念每个人的分工。我估计，差不多能让我陪同代表夫人团去观光吧？这个我倒是在行。那边的日语翻译三浦君离得很远就跟我打招呼，我正对他笑呢，琳达念到我的名字。

"蓝星。"

"到。"

琳达看到坐在窗边的我，慢慢地说："会议第二天，7月10日，你参与。上午，9点15分至11点；下午，14点15分到16点。会议的英文同声传译。"

她说完，我就傻在那里了，半天才反应过来，这是怎样的工作机会？太好了，否极泰来，我蓝星转运了！

安排完任务，琳达宣布散会，我被她叫住，留了下来。

她把一大堆资料给我："蓝星，我看了你的履历，这可是你第一次做会议同声传译，可得准备充分啊。"

我说："是是是。"

她看看我，不解地说："这么好的小孩儿，你为什么不留在美国呢，这里有很多机会的呀？"

我说："我是中国人，要为人民服务。"

"行了。你现在好好准备，把这次会议服务好就行了。"

我拿着琳达给我的材料回酒店鏖战，这突如其来的光荣任务好像重新激活了我，吃得多，动得勤，睡得香。

有天晚上我跟三浦君吃饭的时候，一起看电脑里放的《食神》。

以"撒尿牛丸"重新崛起的周星驰对吴孟达演的坏人说："你不得不佩服我啊，我又活过来了！"

我重重地点了点头。

三浦君说："你难道总是把自己想到电影里去？"

我不太好意思地说："没有，快，吃鱼。好吃。"

可是，我这样情绪饱满、精力充沛、斗志昂扬到开会的那一天上午，当我穿上西服正装，把"翻译"牌挂在胸前的时候，我发觉自己的心跳突突突地加快了。

我趁领队没注意，从休息间走出来，看见各国代表已经纷纷入场了。

我往会场瞧了瞧，这阵势仿佛见过似的。

当时，我看到杰出的宋家明的表演，而今天，将是我在阿拉斯加的工作间里，第一次，做同声传译。

不行，我得出去透一口气。

我站在窗户旁，远处的雪山依稀可见。身后传来一个熟悉的声音："蓝星。"

我回过头，看着他。我不知道，我的下巴还在不在。

我没想到，我们会以这样的方式见面。你穿着法兰绒西装，同料的裤子，腰头打褶，一条细细的黑色鳄鱼腰带。白色维也纳衬衫，灰色丝领带——温莎结。你穿得实在好。

这个时候，我有许多话要对你说，可又知道有许多话不能说。我只是看着你。

你缓缓伸出手，帮我扶正胸卡，慢慢地、柔和地说："不要紧张，蓝星，没有人比你优秀。"

我点头："我不紧张。"

你忍俊不禁。

"你怎么在这里，你今天做翻译吗？"我问你。

"我陪同联合国领导人，等一会儿，有会谈和专访。"

我继续点头。

"好了，去吧。记得我对你说的吗？"

"当然，"我用手指着自己，"我非常优秀。"

我与一位美国翻译搭档，我们坐下来之前握手，问候。

我手中握好速记的钢笔，同时按开传送翻译的设备开关，当我听到中国代表的第一句发言时，而我同时对着话筒流利地用英语说："我们重点关注北极变化，以及这些变化对世界的影响……"

我很清楚，我，蓝星，非常优秀。

直到会议结束，我都没有再见到宋家明。我突然怀疑，我是不是因为工作紧张，而产生了幻觉呢。

临别前，我去了酒店附近的麦当劳。我总是有着俗气的喜好，这是你说的。一个小男孩走到我面前。

他："Hi（喂），我可以坐在这里吗？"

我："当然。小绅士。"

他："你好漂亮。"

我："谢谢。"

他："我叫Eric（埃里克）。"

我："你好Eric（埃里克）。我叫蓝星。"

他："我喜欢你的名字。你有男朋友吗？"

我："我没有啊？那你有女朋友吗？"

他点头。

我："她漂亮还是我漂亮？"

他："你！"

我："那你把她甩了吧。"

他："我喜欢你。你可以做我的女朋友吗？我是说，等我长大了。"

我："我要等多久呢？"

他："等我长得比你高了！"

我把手机号码写在纸上递给他："这是我的电话号码。等你长得比我高了，记得到中国来找我！"

四目相对。他笑了，笑得甜甜的。然后抬起头望着我，又微微低下头，嘴角微微向上扬。

"一言为定！蓝星，等着我！"他走的时候，还不忘叮嘱。

这个男孩，他叫Eric（埃里克），狮子座，这一年他七岁。

我，摩羯座，这一年我二十二岁。

现在我开始等，十年，十五年，二十年。

等着这个"小情人"来找我。

要是真的有一天，他出现在我面前的时候，会是怎样的结局呢？

想到这里，我甚至开始有一点兴奋。

兴奋的时候，就看见你，推门而入。你总是这样不经意地出现，然后扰乱我的心扉。

"去了西雅图，怎么不见我呢？"你坐在我身边，直直盯着我。

我低头，再抬头，终于一口气把所有的话都说了出来。

"我是个孤儿，不仅贫穷，而且患有地中海贫血症，可能就是因为这个病，我的父母就抛弃了我，是奶奶收养了我。

"这个病，到目前为止，不可能根治，我可能不会生孩子了，因为我不希望他跟我一样，从出生开始就不幸。

"所以，家明，我想走得远一点，我配不上你。"

没有几句话，可是，说得真是艰难。我的喉咙生疼。

你没有说话，坐起来，看看我，又把手放在我的肩膀上，你的手，非常温暖。

你把我搂入怀里，轻轻问："你没告诉我，是怕我为难，对不对？"

"是的。"我说。

你搂紧我，亲亲我的额头："蓝星，我让你受了这么多委屈。所以以后，再也不要跟我分开了，你让我照顾你吧。"

"我知道，你喜欢小孩儿……"

"可是，我们在一起，是因为我们要在一起，不是为了生小孩，这个道理你总是懂的吧？"

我也搂住他，脸贴在他的身上："嗯，你说得对。"

"而且，我觉得，我们这样在一起，太圆满了一些，这样一个小小的遗憾可以证明上帝是公平的，我就更有安全感了。"

我重重地点头。

深藏许久的秘密，终于在今天告诉你，我就轻松了许多。好像负重跋涉了很久，如今男人说，这包袱让他来背。

原来事情如此简单，这个人，像枝繁叶茂生机勃勃的树一样，可以让我依靠。

"再说了，蓝星，你想一想，咱们两个，又有学问，长得又好，再生个大白胖小子，还让不让别人活了？"宋家明这样说。

那一刻，是在阿拉斯加最普通的一间麦当劳里。我突然觉得，自己并没有过耳听爱情的年纪。

你低低地说，声音似天籁。这两年，你不顾一切地看过高山大川，天光云海，遇见一切的不寻常。起初，是想忘记，后来发现，即使自己看过最蓝的天、最清澈的云、最澎湃的海，这些世间如此瑰丽的美景，你却还是，最想有我在身边。

我们牵手而出。街角的黑色越野车，早已恭候多时。

这是阿拉斯加寻常的一天，日光倾城的午后。

如果你刚好经过，请为我们见证一段新旅程的开始。